微光照远

新世纪文艺现场观察

蔡家园 著

长江出版传媒 长江文艺出版社

图书在版编目（CIP）数据

微光照远：新世纪文艺现场观察 / 蔡家园著. --武汉：长江文艺出版社，2024.2
 ISBN 978-7-5702-3167-6

Ⅰ.①微… Ⅱ.①蔡… Ⅲ.①文艺评论－中国－当代－文集 Ⅳ.①I206.7-53

中国国家版本馆 CIP 数据核字(2024)第 019898 号

微光照远：新世纪文艺现场观察
WEIGUANG ZHAOYUAN : XINSHIJI WENYI XIANCHANG GUANCHA

责任编辑：王洪智	责任校对：毛季慧
封面设计：陈 俊	责任印制：邱 莉　胡丽平

出版：长江出版传媒　长江文艺出版社
地址：武汉市雄楚大街 268 号　　邮编：430070
发行：长江文艺出版社
http://www.cjlap.com
印刷：武汉市籍缘印刷厂

开本：880 毫米×1230 毫米　　1/32	印张：7.625
版次：2024 年 2 月第 1 版	2024 年 2 月第 1 次印刷
字数：168 千字	

定价：88.00 元

版权所有，盗版必究（举报电话：027—87679308　87679310）
（图书出现印装问题，本社负责调换）

目 录

| 第一辑 |

日常叙事中的美学新变与精神建构
　　——由《长江文艺》双年奖获奖小说谈开去 …………… 3
当代意识、日常叙事与英雄塑造
　　——关于红色题材创作的断想 ………………………… 19
诗歌还能何为 ……………………………………………… 27
一道独特的文学风景线
　　——略谈"中国文学的宁夏现象" …………………… 32
回到儿童文学写作"常识" ……………………………… 39
也谈学人创作 ……………………………………………… 43

| 第二辑 |

先生本色是诗人 …………………………………………… 49
由《山河袈裟》说开去 …………………………………… 52
回到文学的初心 …………………………………………… 55
不一样的"风景" ………………………………………… 58

那个敏锐的"永远的少年"	61
让文字熠熠发光	64
在"往返"中重建故乡	
——谢伦散文创作管窥	67
走向大视野与大境界	
——谈朱朝敏的创作	72
左手快刀，右手甘露	
——漫说何英	79
在传统与现代的夹缝中	89
关于《回响》的 N 种读法	92
"限制"叙事带来的审美张力	97
咀嚼历史与生命的况味	
——评谢络绎的长篇小说《生与死间的花序》	102
工业叙事美学的新收获	
——评陈刚的长篇小说《卧槽马》	107
"没有人是一座孤岛"	
——评张慧兰的《无回应之地》	112
铸造自己的"暗器之王"	124
具有生命温度的真诚书写	
——评兰善清的《千古一地》	129
寻找那属于自己的"屋子"	
——评王哲珠的《寄居时代》	132
极简背后的匠心与温暖	
——读黄海兮的《画眉》《西凤，西凤》随札	136
"张叉叉"引发的思考	145

悠游小说林 …………………………………………………… 150
对乡土中国的一种理解与记录
　　——关于《松垸纪事》的几点思考 …………………… 163

| 第三辑 |

介入现实的一种路径
　　——漫说基耶斯洛夫斯基与《十诫》 ………………… 177
家国叙事与伦理转换
　　——评电影《我的父亲焦裕禄》 ………………………… 183
"诗内"与"诗外"兼修
　　——漫议湖北电影周展映作品 …………………………… 187
何谓伟大的电影 ……………………………………………… 192
"王者"张以庆与《君紫檀》 ………………………………… 195
只有真才美
　　——略说杨俊的表演艺术 ………………………………… 198

| 第四辑 |

其命维新，天人交响
　　——也谈周韶华的书法创新 ……………………………… 205
以金石艺术感应时代变迁
　　——读魏晓伟的《娱亲印存》 …………………………… 208
诗意地抵达
　　——《荷印象·素以为绚》序 ……………………………… 210

画笔多彩写精神
　　——读叶梅的画 …………………………………… 212
传达生命和时代的律动
　　——读叶利平的山水画 ……………………………… 215
咬定青山不放松
　　——《宋德志画集》序 ……………………………… 218
笔墨熔铸时代精神和生命体验
　　——读杨金卯的画 …………………………………… 221
发掘日常中的美与诗意
　　——读黄少牧的画 …………………………………… 224
沉潜与破壁
　　——读李剑的画 ……………………………………… 227
极致之美与人文追求
　　——读李乃蔚的画 …………………………………… 230

后　记 …………………………………………………… 234

第一辑

日常叙事中的美学新变与精神建构
——由《长江文艺》双年奖获奖小说谈开去

一

任何一家成熟的文学期刊,都会追求自己的美学风格。这种风格在栏目设置和稿件取舍中会体现出来,当然,最鲜明的彰显还是其举办的评奖。《长江文艺》双年奖是长江文艺近年来打造的品牌,两年一届,目前已举办三届。历届评出的作品大多具有较高的思想艺术水准,故而在文学界产生了较大影响,这个奖也因其严肃公正和含金量高而为作家们所看重。

本届获奖作品既有中短篇小说,也有诗歌、散文和评论。囿于篇幅所限,本文只讨论小说。本届获奖小说共8部,中篇小说为《成人记》(薛舒)、《会见日》(曹军庆)、《来访者》(蔡东)、《尼罗河女儿》(孙频),短篇小说为《风很大》(邓一光)、《驯猴记》(包倬)、《会唱歌的浮云》(叶兆言)、《父亲的长河》(钟求是)。这些作品匠心独运、各有千秋,大体代表了《长江文艺》近两年所发表小说的最高水准。它们曾多次被各种文学选刊转载,放在当下小说创作格局中来审视也有一定代表性,因而其"样本"意义不言而喻。也就是说,这些小说不仅体现着《长江文艺》的美学追求，也在一定程度上折射着当今中国文学发展的趋势与特点。

尽管这些小说题材不同、主题各异、风格多样，但是它们均聚焦普通人的日常生活，在记录生活本相的同时又力图穿透生活表象，巧妙融合个体性与公共性，深入探索时代剧变中人的复杂生存境遇和精神困境，为日常叙事注入了新的美学内涵，为新时代怎样讲好中国故事提供了新经验。

我们知道，自新时期以来，随着思想解放运动逐渐深入和社会生活日新月异变化，文学观念不断发生嬗变，正面表现集体、崇高、英雄、重大题材的宏大叙事逐渐式微，而表现个体、渺小、普通人、日常生活的日常叙事逐渐勃兴并成为主潮。日常叙事放弃了史诗性建构，由聚焦重大社会问题转向关注个体生存状况，书写时代变迁中普通个体的日常经历与生命感受，建构起新的文学空间，催生了新的美学表达，推动着中国文学螺旋式向前发展。

当日常生活成为文学叙事的主要内容之后，作家们基于不同的价值立场和审美观念，对"日常生活"的理解与表现并非完全一致、一成不变。在先锋文学与寻根文学中，日常生活的象征意义得到强化，日常叙事成为消解宏大叙事的武器；在新写实小说中，原初的、琐碎的、"毛茸茸"的日常经验成为书写中心，感性实践得到凸显，深度意义被取消；私人化写作聚焦物质化、欲望化的日常生活，通过强调个人经验来彰显个体价值；新历史小说由"大历史"转向"小历史"书写，关注日常岁月中普通人的命运沉浮，具有个人化、碎片化、民间化的特点；底层文学关注底层、边缘人群的日常生活，突出了伦理道德价值……四十多年来，日常叙事的发展流变从一个侧面折射着中国文学的变迁，不仅深化了文学对"人"的发现与理解，而且拓展了文学表现疆域，丰富了时代审美内涵。但是，因为它拒绝宏大生活，所以也限制了作家的视野与想象，导致大多数关于日常书写的作品无法超拔于庸常现实，既不能潜入幽深的生命根底，又不能抵达辽阔的星辰大海，实现自由的审美创造。一方面，作家们放弃了总体性视野，单向度聚焦市场主导下的物质生活、消费生活或者是某种哲学观念笼罩下的生命状态，忽视了日常生活原有的多样性、丰富性与活泼性，对复杂的生活进行简单化处理；另一方面，作家们弱化了理性批判精神，过于强调日常生活的碎片化、平面化、感性化，忽略了将个体性的情绪、情感与思想转化为公共性的人文精神，放弃了对深度意义的追问和对价值理想的建构。其实，随着市场经济全面启动和大众文化勃兴，日常叙事危机在20世纪90年代之后的文学创作中呈愈演愈烈之势，引发了文学界的反思，譬如对文学不及物的批评，就是集体性焦虑的集中表现之一。

反思的角度和路径是多种多样的，我们不妨回到概念的原点来展开追问：何谓日常生活？何谓日常叙事？匈牙利理论家阿格妮丝·赫勒在《日常生活》中指出，"日常生活"是指"那些同时使社会再生产成为可能的个体再生产要素的集合"。我国有学者解释如下："日常生活"是指以个人的直接环境为基本寓所、旨在维持个体生存和再生产的各种活动的总称，其中最基本的是以个体的肉体生命延续为目的的生活资料的获取与消费活动，以日常语言为媒介，以血缘和天然情感为基础的个人交往活动，以及伴随上述各种活动的日常思维或观念活动。关于"日常叙事"，一般认为是指对个体的日常生产、消费、交往等活动以及与之相伴随的日常思维或观念的叙述。也就是说，日常叙事指向的核心是个人。日常叙事的内容包含"环境"与"再生产"两个方面，后者既是个体再生产要素的"集合"，具有总体性，同时还要使"社会再生产成为可能"，具有社会性。

从社会实践来看，"日常"并非凝固的，"生活"也非封闭的。

在不同的时代语境下，"日常生活"曾经以不同的面目出现，譬如凸显意识形态和阶级话语的"政治日常"、体现精英意识和哲学观念的"意义日常"、代表消费主义和大众文化的"欲望日常"。在某种意义上，这些"日常生活"是遭到简化、抽象甚至异化的"生活"，在打开某个书写面向的同时制约了日常书写的广度与深度。随着新时代的到来，在"人民文学"的召唤下，作家们的立场和观念发生转变，对"日常生活"有了更全面而深刻的理解，"生活"得以进一步敞开，日常书写获得新的形式与内容。返回日常生活本身——植根于时代和人民的丰盈而活泼的"现实日常"——正成为一种趋势，在整合宏大叙事资源基础上重建新日常叙事美学将成为可能。

正是在这样的背景下，《长江文艺》双年奖8部获奖小说不仅以新的美学面貌凸显了刊物开放、包容、创新的气质，而且为我们探讨"日常叙事"提供了有价值的言说样本。

二

日常生活看似波澜不惊、平淡无奇，其实丰富博杂、曲折微妙。作为人类恒常的生存状态，日常生活中包孕着全部的人性秘密和精神价值，为文学表达提供了辽阔疆域，为探测人类心灵提供了无限可能。对于作家而言，如何进入普通人的日常生活并完成对象化，"传奇化"是重路径之一。有人说，"传奇的核心就是日常生活"。那么反言之，发现并提炼日常生活的传奇因素，考验着作家的洞察力与概括力，决定了日常叙事的美学含量。纵观新时期以来的日常叙事，无论文学潮流如何变化，"传奇"是不变的选择。

本届获奖小说呈现出一个共同特点，那就是在整体性观照人的日常行为与观念时，善于发现并提取其中的传奇性因素，以新的美学形式予以表现，由日常生活折射时代脉动，由个体命运透视生存状态，由生命沉思通向终极关怀。

一类是对事物本身内在奇观的新发现，如《驯猴记》《会见日》中的《新生》与《假发套》。《驯猴记》讲述方家祖孙三代与猴子间的传奇故事，如果说猴子抢夺食物、模仿剃须自戕算是稀奇，干农活、抬轿子、耍把戏堪称神奇，那么自觉接受驯化并沉迷其中就是拍案惊奇了。这部小说的新意在于，发现了日常事物中别有意味的传奇——猴性向奴性的蜕变。《新生》中的父母在会见日去戒毒所劝勉儿子改过自新并无传奇色彩，但是新生命在这个特殊日子里于半路诞生的象征性以及目标无法达成的荒诞感，在照亮平淡生活的同时赋予其传奇性。《假发套》中儿子的一个毒誓在生活中一语成谶，成就了一段通俗传奇，作家通过"假发套"这个道具让母亲回归正常，则是巧妙实现了对于日常生活的再传奇化。

一类是对人物行为非常化的凸显，如《风很大》中的"拯救"、《父亲的长河》中的"失忆与重返"、《成人记》中的"成长"。陶问夏（《风很大》）驾车于风雨中逆行救助流浪猫、流浪狗等弱小动物，其行为的超常性不仅具有伦理意义，更具有象征意义。老年人的失忆属于日常生理现象，但是，当"父亲"（《父亲的长河》）的失忆成为抵抗孤独的方式，而重返故乡、童年生活被视为拯救方式之后，其传奇性就凸显了出来。如果说智障儿舟舟（《成人记》）有别于常人的日常行为以及他完成自己"成人礼"的奇妙方式尚属可以想见的传奇，那么严月作为母亲和女人在隐秘情感变化中"成人"则是作家撩开日常面纱后独具匠心的发现了。对于人物非常行为的细致刻画，不仅是为写真生活本身，更是意在镜像之外。

一类是对人物性格特异性的聚焦，如《来访者》中的"失败者"江恺、《会见日·吹牛者》中的"异化者"安尔恕、《尼罗河女儿》中的"新人"小卓玛。江恺患有抑郁症，原生家庭导致他怀有强烈的压迫感和剥夺感，于是他以变态的方式进行反抗，性格扭曲，无法融入正常生活。安尔恕因为偶然的原因被语言权力异化，人格出现分裂，具有妄想症特征。小卓玛在乡村文化/都市文化、传统观念/现代观念的交织冲击下成长，性格看似极端，其实是一个将汉、藏民族伦理价值观念统摄于一身的"新人"。正因为这些人物的性格异于普通人，所以才会产生特殊的经历和奇特的命运。

还有一类是对社会关系奇特性的揭示，如《会唱歌的浮云》中的三角人物关系。小说中着墨最少的小黎是核心人物，老王与她结婚，老魏与她暧昧，云裳对她纠结，而老王和老魏、云裳夫妇又是朋友。平淡如水的生活因为这种奇特关系的存在，潜藏着引而不发的戏剧性。

这些传奇性因素均隐含在日常生活之中,被作家们慧眼发现,然后以"反传奇"的方式予以书写,呈现出一种新的美学风貌。综观这些获奖小说,从叙事立场来看,他们摒弃了精英思维和过度的理性烛照,回归到日常状态来审视生活,发现日常罅隙中的不寻常并艺术化地予以凸显。从叙事视角来看,多半采用第一人称"我"的视角,或者采用第三人称限制视角,放弃了无所不能的上帝视角,更贴近人们日常观察生活的方式。从叙事时空来看,基本采用线性叙事,没有运用时空交错、并置等非常方式,符合生活流的本来样态。从叙事语调来看,娓娓道来,温和平顺,接近日常生活本来的调子。从叙事风格来看,并不追求环环相扣、一波三折、出人意料的艺术效果,而是采用散文化叙事,更加契合生活本相。

以"反传奇"的方式叙述日常生活"传奇",是近年日常叙事中出现的一个新变化。这几部获奖小说既以生活流的方式还原了生活状态,强化了日常生活的质感,又以对传奇因素的巧妙提取与别致呈现,保持了叙事的内在张力,而且为典型人物塑造和深度意义开掘打开了通道。

三

作为宏大叙事的对立面,日常叙事的目标当然不是创造历史神话和塑造"神性"人物,但这并不意味着放弃对于典型人物的塑造。从前面的概念梳理已知,日常叙事本来就包含对环境的书写,因此典型环境刻画同样不应被忽略。无论是先锋文学、寻根文学，还是新写实小说、私人化写作，在日常叙事中都拒绝塑造典型人物，至于新历史小说、底层文学虽然注重塑造人物形象，但大多不重视对典型环境的描写，因此，新时期以来日常叙事中引起广泛关注的典型人物并不多见。所谓典型人物，是指那些具有鲜明个性，同时又能反映出特定时代生活的普遍性，揭示出社会发展本质的人物形象，是个性与共性的统一体。典型人物必然是由典型环境孕育生长而出。

本届获奖的小说，大多比较注重对于典型环境中典型人物的塑造，其中以《尼罗河女儿》和《风很大》最具代表性。

《尼罗河女儿》成功地塑造了一个富有时代气息的新人——小卓玛的形象。作家精心设置两个具有典型性的社会地理空间，一个是广州，一个是青海的次秀村，前者是位于改革开放最前沿的国际大都市，后者是边地闭塞的藏族小山村，两者的结合正好象征了中国的现实环境。广州是喧嚣的、流动的，它创造着梦想和欲望，这里的人们相信通过奋斗可以发财致富，可以实现人生价值，但也会遭遇失败和异化；次秀村是宁静的、凝滞的，尽管受到现代文明的冲击，但它依然保留着强大的传统文化，人们虽有躁动和焦虑，但总体上遵循着传统伦理道德和价值观念生活，秉持信仰，相信轮回，内心安详。小卓玛在次秀村长大，在大卓玛的带领下走向外面的世界，走上风光的T台，活色生香，光彩照人。她迷恋魔幻似的现代生活，可是因为大卓玛之死，她又怀疑这种生活的意义，于是陷入焦虑之中。她付出了艰辛努力，可事实并不完全如她所愿：漂泊在滚滚红尘中，对物欲的追逐没有止境，奋斗者未必都能成功。那么，人该如何安放自己的本心？面对生存困境，小卓玛没有消极逃避，而是选择积极应对，因为藏族特有的宗教文化给了她力量。与其说她坚信大卓玛会转世，不如说她是想借此确信"轮回"可以拯救自己。小卓玛的内心中住着两个彼此冲突的"卓玛"，一个热烈奔放如火，一个淡然安静如水，一个聪明、活泼、率真、善良，一个似乎深藏心机，让人隐隐不安。人物性格的复杂性不是凭空想象而来，恰是在这个复杂时代生活土壤中孕育生成，小卓玛在现代文明、传统文化、世俗观念、宗教精神的多重冲击下被生活熔铸成"这一个"。作家没有采用二元对立的方式简单处理这个人物，而是让她从日常生活中获取点滴启悟和力量，在传统/现代、宗教/世俗、此岸/彼岸之间挣扎而获得平衡，保有乐观进取，保有心灵归宿之地，保有追求美好生活的激情。在一个物欲化的浮躁时代，小卓玛就像一股活泼的清风，由人间大地升腾而出，又超拔于现实生活，堪称一个具有新意的时代典型形象。

《风很大》中的陶问夏则是一个让人过目难忘的新都市女性形象。她在台风中逆行，救助无家可归的小动物，就像大洪水暴发后的挪亚，象征着拯救与希望。"台风"为这部小说营造了一个典型环境，它至少有三个层面的含义：一是指自然风暴，二是指情感风暴，三是指社会环境风暴（包括国际金融风暴）。正是在多重风暴的交织冲击中，完成了对陶问夏的形象塑造。她是社会精英，事业有成、生活优渥，可是情场失意，与丈夫离婚，对情人不满，同时还面临着职业发展压力。当风暴来临时，她选择了承担，并且积极行动，这不仅源于内心的爱，还源于责任。她并非过去小说中常见的人文知识分子，而是从事精密仪器专业的工科博士，可她同样拥有强烈的反思精神，追问人为什么会蜕变，为什么会失去血统而变成"杂种"？这既是城市新移民对自我身份的质疑，也是对文化基因蜕变的忧虑。"这个世界只剩下她一个人，她还得循规蹈矩，守住血缘，等待红灯？"反诘中流露的孤独感，更加烘托了她孤绝而往的形象。她从经济上到情感上、精神上早已独立，所以能够充满怜悯地质疑男性：拥有诞生和毁灭能力的他们为什么那么容易倒下，而且爬不起来……她既不是符号化的女权主义者，也不同于文学史上的叶知秋、陆文婷等传统女性知识分子，而是脱胎于传统而又携带着强烈的时代气息，在日常生活中焕发出熠熠光彩。在一部不足万字的短篇小说中，能塑造出这样一个生气灌注的典型人物，可见邓一光对于时代生活的深刻理解和精准把握。

无论是小卓玛、陶问夏，还是江恺、安尔恕、吴识水、严月，这些人物无不真实而亲切、鲜活而饱满，给人留下深刻印象。首先，他们是从时代生活土壤中孕育萌芽，携带着强烈的时代气息与能量；其次，他们在日常生活中生长，接受阳光雨露滋养和冰雪风霜考验，汲取了生活本有的浑厚元气。这些成功的人物形象启示我们，只有当作家以总体性视野观照社会生活，打通了个人/集体、日常/宏大、个体生活/时代生活之间的通道，方能由芜杂的社会存在中提炼典型环境，进而完成对时代典型人物的塑造。

四

根据阿格妮丝·赫勒的观点，我们所谓的"日常生活"分为"自在存在"和"自为存在"，前者是给定的社会结构存在的前提，后者指向人性在给定时代所达到的自由的程度，两者在叙事中都应成为"为我们存在"的日常生活，即有意义的生活。因此，日常叙事怎样富有深度地处理当代人复杂的生活内容与生存经验，实现对于世俗生活的超越，始终是考验作家的难题。

本届获奖小说几乎都在努力对日常生活予以总体观照，试图把握其复杂性，追求穿透混沌生存表象抵达诗意审美之境。概而言之，这些作品在以下几个向度上对日常生活进行了深度开掘：

对生存困境的反抗。《成人记》是一部苦难书写，单亲妈妈严月独自抚养患有自闭症的儿子舟舟，她几乎放弃了自己的一切，可是仍然无法阻止儿子的病情恶化。随着舟舟生理上成熟，新问题更让她苦恼不堪……如果说一位母亲对于苦难的承担是出于本能和责任的话，那么老费的相助，以及他对严月的"上海式男人"的情感表达，则提升了小说的诗性境界，让人更觉人间可爱。苦难的魔影与日常生活形影不离，只有脉脉温情才能提供恒久而真实的抗争力量，所以在小说的结尾，严月不由自主地点开了老费的电话。当她认清生活真相并坦然接受之后，就在精神层面完成了自己的"成人礼"。《风很大》分明是一则寓言，假如台风就像传说中的洪水摧毁了一切，那么谁是最后的拯救者？陶问夏的小轿车就像挪亚方舟，穿行在自然界的风雨中，穿行在情感的风雨中，也穿行在大时代的风云际会中，既渡人，也渡己。这个弱女子的勇气源自怜悯与爱，正如歌德所咏叹："永恒之女性，引领我们向上。"《会见日·新生》充满隐喻色彩，当现实的苦难无法解脱时，唯有寄望于新生。新生一定可靠吗？简方明命中注定无法赶到尖山村（象征纯净之地），婴儿偏要在途中降生，而且他听到的竟是大儿子简度的啼哭声——所谓"新生"，会不会是一个轮回？小说揭示了日常生活的吊诡与荒诞。当苦难降临，承受与忍耐也是反抗方式之一。《来访者》详尽记录了治疗心理疾病的过程，这个过程也是反抗苦难的过程。作为心理医生的"我"其实也是病人，和江恺一样对于过往无法释怀。他们与自我、他人、世界充满了对抗，始终无法摆脱内心的紧张感。石雕佛像给了他们启示："松弛……那是石佛最好的状态，也是人最好的状态。"在这个充满焦虑和紧张的世界上，松弛无疑是一种积极反抗。

对终极价值的探寻。《尼罗河女儿》讲述了一个双重救赎故事：一方面，小卓玛在日常生活中辛苦挣扎可总不如意，因为大卓玛托胎转世，她回到故乡小村重新确证信仰，内心获得宁静；另一方面，王丽漂泊都市、一事无成，因责怪母亲而错失亲情，一直难以释怀，小卓玛如同尼罗河女儿启示并拯救了她。活佛认定小卓玛的孩子是大卓玛转世，"我"收养了一个弃婴并用死去母亲的名字给她命名，生命的延续与信仰相伴随，不仅让两人获得情感慰藉，也获得精神救赎。《父亲的长河》生动记录了老年人患上遗忘症的尴尬事，从表面看关注的是老年社会问题，从深层看却是探讨如何安放心灵、寻找精神归宿的问题。父亲连自己的儿女都不记得了，可脑海里始终有条船，驶向昆城，驶向童年，驶向生命的发源地。在那个早上，他独自驾船驶入长河向北漂去，"太阳刚刚升起，淡黄的光芒铺在水面上，也照在小船上。父亲的身子在光线中成为晃动的亮点，像是存在，又像是不存在"。当心灵在生命的原点找到皈依，死亡就变得无所畏惧。

对国民劣根性的批判。《驯猴记》中的猴子因为被驯化而完全失去本性，变得奴性十足。当它们有机会解除枷锁、回归自然时，它们竟然拒绝自由，仍愿留在人类社会享受"美好"生活。

难道只有猴的"劣根性"让人触目惊心、不寒而栗吗？这则寓言式的小说因其批判色彩，超越了庸常生活。《会见日·吹牛者》中的安尔恕是一个被语言异化的人。他因一次偶然的演讲而感受到话语权力带来的极度快感，随后便沉溺其中不能自拔。他迷恋语言权力，操弄语言权力，就像吸毒一样上瘾。为了"二进宫"获得权力满足，他竟在公众场合复吸。可是，等待他的却是警方的不信任，他期待的权力被彻底剥夺。曹军庆对福柯的理论有深刻理解，在日常叙事中细腻而真实地揭示了语言带来的异化困境以及对人性的戕害，显示了文学应有的锋芒。

对冲突性对抗的和解。《会唱歌的浮云》中的小黎放纵滥性，按常情会引发相关人之间激烈的矛盾冲突。可是，无论老王也好，老魏也罢，都选择了理解、宽容与释然；即便是受伤最深、如骨鲠在喉的云裳，在岁月的流逝中也选择了漠视和淡然。只有宽恕，才能与生活和解，与生活和解也就是与自己和解，这是日常叙事特有的智慧。《会见日·假发套》中的警察霍立志在退休前因秦继伟捣蛋而不得善终，本就失意的他越发怒火中烧。可是为了给秦继伟活下去的希望，他千里奔赴，为罗小凤精心准备了假发套。霍立志看似原谅了秦继伟，其实是与自己的"失败人生"达成了和解，也帮助一位母亲与生活达成了和解。

这些获奖小说显示的四个向度，或许不能完全概括当前日常叙事开掘深度意义的路径，但它们具有一个共同趋向，那就是在对日常生的"自在存在"与"自为存在"融合升华时，接通了个体经验与公共经验，凸显了人文精神。哲学家汉娜·阿伦特曾指出："人类自身活动所受的制约，决定人必须作为一个类群共同生活在一起。"也就是说，个体世界无法脱离公共领域而独立，个人在本质上就是一个公共性存在。这也启示我们，日常叙事在强化以独特的角度进入存在时，应当关注日常生活中的所有经验，不能因为反抗某种美学观念而割裂存在的完整性，否则日常叙事就会走向偏颇与狭隘，无法实现由世俗生活向诗性生活的飞跃，其美学品质将大打折扣。

五

综观《长江文艺》本届获奖的8部小说，或多或少昭示了日常叙事美学的一些重要变化：一方面，以宏阔视野关注现代化进程中人民大众的生存状况，与时代保持同频共振，以体验性话语书写日常生活；另一方面，以理性烛照普通人在时代变迁中的生存困境与精神境遇，挖掘日常经验与生活褶皱下的生命质感与人性幽微，努力接通个体经验与公共经验，铸造时代人文精神。

这些美学新质能在一批优秀作品里集中呈现出来绝非偶然，而是与一本刊物对文学创新的自觉追求密切相关。作为一本与共和国同龄且努力挺立在文学潮头的期刊，《长江文艺》堪称中国当代文学的一个缩影，因此本届双年奖作品从一个角度提出警示：一味地排斥与国家、民族、人民相关的宏大生活，回避对重大现实问题的回应，放弃对社会历史本质的揭示，不仅会使日常叙事之路越走越窄，也会让中国文学作茧自缚。

那么，在新时代的语境下，如何实现日常叙事的突破呢？

一是转变写作立场。作为知识分子的作家要自我"去魅"，重新确认自己的人民身份。只有站在人民的立场上体验"日常"，真正建立与时代、与生活、与人民大众的血肉联系，才能拓宽

"日常"的广度与深度,实现为时代书写、为人民画像。首先,要坚守人文情怀。探索自我灵魂时,不忘关怀人间悲欢;书写物质欲望时,不忘引向诗性升华;讴歌成功时,不忘抚慰失败;瞩目时代主流时,不忘观照社会暗角。其次,要保有反思意识。真实的存在常常被感性表象所遮蔽,真理的言说容易被流行观念所魅惑,因此在日常叙事中必须保有反思意识,既警惕书写者自己陷入感性或观念的牢笼,也警醒读者正视当下的生存境遇。再次,要坚持批判精神。只有批判的光芒才能照亮日常生活的庸常,使书写挣脱芜杂、琐碎的泥淖,恢复存在的完整性,开启理想生活图景,抵达审美的自由境地。

二是提升思想能力。日常叙事要想超拔于现实,决不能拒绝对宏大叙事有益经验的借鉴。首先,要建立总体性视野。只有在社会历史发展的整体性进程中审视日常生活,才不会被类型性经验和表象化个性所遮蔽,才可能敏锐发现鲜活的时代"传奇",准确捕获能呈现日常本质的典型细节,实现对于生活的深度书写。其次,要具有超越性思维。如果个体生存经验无法接通公共经验,个体生命情态无法映照时代状况,个体诉求无法抵达民族、国家乃至人类的共同诉求,那么,所有关于日常生活的书写都将匍匐于尘埃,难以获得恒久而活泼的艺术生命力。

三是坚持开放叙事。著名作家米兰·昆德拉说过,"复杂的精神"才是"小说的核心","照亮并守护生活世界的复杂性、丰富性与可能性,才是小说作为创造性艺术的使命"。复杂的精神诞生于复杂的生活,日常叙事要想获得突破和深度,必须以开放叙事来揭示生活本有的复杂性。生活的复杂性不仅在于"自在存在"和"自为存在"的混融,还在于"生活世界"与"心灵世界"的共存。作家首先要敞开自己，这样才能打开生活暗角的门禁，纵笔驰骋于门后的辽阔疆域。开放叙事还要努力揭示生活的可能性，它关乎着诗性、理想和自由，关乎着人的终极价值。

在民族复兴和大国崛起的时代语境中，社会生活正在发生惊天动地的深刻变化，日常生活日益成为中国经验不可或缺的组成部分，日常叙事面临着新机遇。深切关怀普通人的生存处境和精神境遇，以开放的书写揭示历史本质、反映时代精神、坚守人文理想，日常叙事完全可能与宏大叙事进行有机融合，在书写中国经验中绘制出独具中国特色的文学图景。

2022/10/7

当代意识、日常叙事与英雄塑造
——关于红色题材创作的断想

一

红色题材创作，通常也叫红色文学、红色文艺创作。"红色"在这里具有特殊的政治寓意。如果要追根溯源的话，早在20世纪20年代就出现了"红军""红旗""红色苏维埃政权""红色革命根据地"等语汇，指代的是中国共产党领导下的新政权、新事物。此后，还出现了"红卫兵""红色经典""红歌"等。概而言之，凡是反映共产党领导人民在革命战争年代、社会主义建设时期、改革开放时期和新时代进行伟大历史创造，弘扬主流意识形态的作品，都可视为红色题材创作。其中的"红色经典"，充满了积极、向上、自信、乐观的时代精神和正能量，保留了人们的集体记忆或"集体无意识"，不仅在文艺史和现实生活中产生过重要作用，而且至今仍在塑造我们的心灵，影响着我们对世界的认知和理解。

近百年来，红色题材创作延绵不绝、蔚为大观，曾经出现过三次高潮。第一次高潮是革命战争年代，围绕启蒙和救亡主题，左翼文学、延安文学诞生了一批红色经典，激励着人们反抗"三座大山",寻求民族独立和翻身解放。第二次高潮是新中国成立后的"十七年",以"青山保林(即《青春之歌》《山乡巨变》《保卫延安》《林海雪原》)""三红一创(即《红日》《红岩》《红旗谱》《创业史》)"为代表,以艺术的方式论证共产党领导的革命斗争和新生政权的合法性。第三次高潮是改革开放时期,出现了《高山下的花环》《东方》《新星》《平凡的世界》《历史的天空》等优秀作品,召唤、回应并推动着社会进步。这些作品基本上都是关于现当代中国历史的宏大叙事,讴歌党、讴歌祖国、讴歌人民、讴歌英雄,既参与了时代主流价值建构,也为新文艺创造了新的审美范式。

当下,红色题材创作正迎来第四次高潮,呈现出一派欣欣向荣的景象。毋庸置疑,这些年涌现出了不少优秀红色文艺作品,但是,思想精深、艺术精湛、制作精良的"叫好又叫座"的经典之作还是非常匮乏。从表面上看,"五老峰"难以翻越——主题老、题材老、角度老、人物老、手法老,难以吸引今天的受众,更遑论引发心灵共鸣了。从深层次看,乃是因为作家、艺术家的思想力弱化、审美力迟钝、想象力贫乏,更重要的还是创作心态浮躁,缺少精益求精的态度和锐意创新的精神。

新时代红色题材创作实现突破的关键还是在于回归艺术本体:一是要注重塑造典型人物,尤其要塑造具有鲜明时代特征的英雄形象。二是要以情动人,找准历史与当下的共情点,激发情感共鸣。三是追求诗性,要努力在艺术情境中自然而然地孕育生成诗意。四是要有哲学意识,善于从红色精神资源中提炼具有普遍性、超越性的价值。另外,还须重视"有意味的形式",这是艺术创新不可忽略的重要路径。

二

红色题材创作,其中相当一部分是革命历史题材。随着社会发展和审美风尚的变化,人们对这类题材有了新的审美期待,期盼从中汲取新"价值"。诚如福柯所言:"重要的不是话语讲述的时代,重要的是讲述话语的时代。"深度开掘革命历史题材,必须注入当代意识。只有直面当下社会问题,立足现实观照历史,才有可能实现新的"价值发现"。

近些年,革命历史题材创作出现了两种值得反思的倾向,一种是刻意迎合消费主义,还有一种是片面追求艺术的超越性价值。前者受消费市场主导,以娱乐化方式处理历史,于是出现"手撕鬼子"等荒唐闹剧,出现把残酷革命斗争改装为具有网游特征的冒险游戏,严重违背了历史真实,遭到人们的诟病。后者则醉心于对历史进行"另类"想象和阐释,像徐克导演的《智取威虎山》因为刻意消解了剿匪斗争的政治属性,于是打土匪演变成了一场江湖侠客的村庄保卫战;在《金刚川》中,志愿军顽强抢修桥梁本是反侵略斗争,可是电影通过重复性叙事实现寓言化,将正义与非正义的较量简化为了抽象的意志较量;在《悬崖边上》中,革命者坚定的政治信仰因为抽空了历史内涵,变成了某种绝对执念。这些作品看似尊重历史、还原历史,其实只是保留了历史外壳。一旦刻意回避时代政治、剥离阶级属性,历史事件和人物就会被抽空具体的社会、文化内涵,而沦为某些抽象理念的象征。它们看似超越了具体的历史情境抵达了人类的普遍境遇,其实缺乏生活肌理与生命温度,在凸显理性的同时,丧失了生活与情感。在某种程度上，这类作品对历史进行了隐秘的解构。像这样的"当代化"，自然会引发人们对历史真实性的质疑，难以产生思想认同与情感共鸣。

在处理革命历史素材时，首先要有历史感，也就是说要沉潜到具体的历史情境之中，以同情之心理解历史事件和人物，在情感上秉持尊重和敬仰，在对时代本质和历史发展趋势整体把握的前提下，努力还原特定历史境遇中的人物和事件。其次，立足今天的时代价值需求进行"当代化"，在回归常识、常情、常理中融入人文情怀，葆有对理想和信仰的执着追求，发掘最能触动当代读者情愫、最能震撼当代读者心灵的亮点，实现叙事的深度意义。

譬如，长征时期共产党人的斗争与探索，集中体现了一个民族在历史困境中焕发的精神光芒和巨大智慧。站在新时代回望这段历史，既有历史本身所应承担的反思，也有属于全人类的崇高信仰，当这些都指向当下社会生活时，凝固的历史就生成了新价值。另外，革命历史题材是存在超越性书写可能的，因为生、死、爱等母题都关联着人类生活中悬而未决的哲学命题。譬如我们熟悉的红色经典《白毛女》，看似是阶级叙事，其实也是关于女性解放、人的解放的叙事，因此它才会穿越时空，引发不同时代、不同阶层的人们在反思自身困境时产生强烈共鸣。

三

为了实现对于历史本质和时代精神的揭示，红色题材往往采用宏大叙事。所谓宏大叙事，用利奥塔的话说，就是用一个元话语来统合整个世界。莫言也说过："重建宏大叙事确实是每个作家内心深处的情结。"宏大叙事的特点是对生活进行正面强攻，注重对英雄典型的塑造，时空跨度较大，结构比较庞杂，试图对社会历史进行某种总体性概括，弘扬时代主流价值。文艺史上宏大叙事的优秀之作比比皆是，像"三红一创"、《东方》《金山银谷》等，都具有史诗气质。

抵达时代主流、弘扬主流意识形态并非只有宏大叙事一种模式，通过巧妙的日常叙事同样可以穿透琐碎表象，实现对生活的整体性把握和对时代本质的穿透。像文学经典《荷花淀》《百合花》，均是采用侧面切入的方式，以小见大，折射时代生活主潮，揭示历史发展的趋势。前者讲述一群青年媳妇去看望当兵的丈夫，途中遭遇一场伏击战，表现了普通人的英勇无畏，揭示了抗战取得胜利的必然性；后者讲述"我"借、还一床缀满百合花的被子的故事，表现了军民鱼水深情，讴歌了残酷战争环境下人性的美好。这两部作品表现的都是宏大命题——抗日战争和解放战争，但是作家没有正面书写战争图景，而是通过发掘日常生活、普通人心灵中的"奇崛"风景，折射了时代的波澜和风云，揭示了历史发展的必然趋势。尺幅千里，见微知著，这些"小叙事"实现了对于时代的宏大书写。

进入和平年代之后，大历史往往以琐碎、平淡的方式呈现，这就给红色题材创作带来了新挑战。以过去红色经典所建立的美学经验来处理当下生活，可能未必完全有效，因此必须重建新的审美范式和叙事方式。质而言之，宏大叙事之大并不在于作品体量的大，也不在于描绘生活图景的大，其根本在于价值内核——通过典型化的事件和人物诠释时代主流精神和揭示历史发展趋势。因此，前述革命历史题材创作积累的由日常叙事抵达宏大历史的经验，对于如何处理当下日常"小生活"、呈现大时代精神具有启发意义。

最近引发热议的微电影《阳台》，讲述的是武汉关闭离汉通道期间一位老人和一个小女孩相互拯救的温馨故事。影片通过小小阳台汇聚信息和情感，折射社会风云激荡；在日常叙事中运用细节刻画凡人英雄，通过开掘"个体记忆"完成了家国同构。作为一部表现当下生活的红色题材创作，这部"小叙事"散发出一定的"史诗"气质。

四

红色题材创作是否成功，关键在于能否塑造出富有时代气息的英雄形象。回眸红色经典，像江姐、林道静、小萝卜头、梁生宝、李云龙等形象不仅进入了中国现当代文学画廊，而且成为时代精神、民族精神的象征，塑造了我们的人生观和价值观。

有人说过，拒绝世俗是英雄主义文学的特点，同时也使得英雄主义文学陷入困境。因为与世俗拉开距离，过于强调"非凡"，会使得英雄形象失去成长的艺术空间。当英雄不食人间烟火之后，就会变得失真和贫乏，失去丰富的人性色彩。过去一度流行的"高大全"创作模式，就将"非凡"推向了极致。历史已经证明，这样的"英雄"缺乏艺术感染力和生命力。必须将英雄还原为人，这才有可能拓展红色题材创作的艺术空间。

随着20世纪90年代大众文化兴起，英雄一度成为被消费的对象。有些红色题材创作走向一个极端，故意让英雄染上土匪气、流氓气,似乎这样就还原了复杂的"人性",其实是误入歧途。只要是人,就不可避免地存在人性的弱点。书写英雄的弱点不是问题,问题是不能偏离其本质品性。像《历史的天空》中的姜大牙、《亮剑》中的李云龙,都是有缺点的英雄,正因为平衡好了英雄品格和人性弱点,所以他们才显得真实可爱,能够与世俗生活中的读者产生共鸣。

进入新时代,有些作品在英雄人物的塑造上做出了新探索。譬如《黄冈密卷》,深入探讨了英雄的精神生成过程。这部作品没有简单地将不同的观念和立场进行二元对立处理,而是坚持对于人的整体性认识,在新的向度上对人性做了深入开掘,主人公老十哥身上的"党性"与"人性"实现了完美统一。电视剧《十送红军》对于英雄形象的塑造亦是独辟蹊径,剧中每个英雄都是带有独特文化印记的"凡人",可他们一旦被置于非常情境下,就都成了"非凡"的人。发掘"非常情境",就是立足当下"发现"历史。《牵风记》中的战将齐竞也是一个有新意的典型。他深爱着汪可逾,可是顽固的"处女情结"令他无法接受她。当汪可逾牺牲后,齐竞才深感情债沉重,以致终身悔恨交织……"处女情结"指向了中国传统文化的痼疾,即便是不惧牺牲的革命英雄也未能免俗。难能可贵的是,小说深刻表现了齐竞的忏悔意识与反思精神,这在过去的红色题材创作中是不多见的。而这两点恰恰对于族群、国家甚至人类的价值建构意义深远,所以,齐竞这个英雄形象呈现出超越性价值。

我们知道,英雄与普通人的根本性区别在于,他们具有"英雄性"。"英雄性"只是复杂人性中的"非凡"部分,作为一个完整意义的人,理所当然拥有多重人性。因此,红色题材创作在塑造英雄时，必须观照作为完整的人的丰富人性内涵，唯有如此，"英雄"才会血肉丰满、真实可信。除了从英雄身上淬取与当下需求相契合、能感动当下人们的"英雄性"，还应注入人类意识，将情感心理引向升华。

2021/6/7

诗歌还能何为

前几天参加一家著名文学期刊举办的诗歌颁奖活动,获奖诗人们发表感言,以不同的话语方式阐释自己的诗学观念。我认真听完发言后,获得一个整体印象:尽管每位诗人都在强调个人经验的独特性和表达的个性化,但是通过大家的言说,让人强烈感受到一种众声喧哗、花团锦簇的单调,感受到诗人们在处理个人与时代的关系、在处理个人经验与公共经验,以及在美学趣味、价值立场上表现出的同质化和单一化。诗人们的眉眼似乎各不相同,但是十个人的身影和姿态是大同小异的。如果说他们在一定程度上代表了当下诗歌创作主流的话,那么,中国诗歌的深层危机也由此可见一斑。

诗歌的发展,离不开对传统的继承、转化与创新。如今谈诗歌传统,大家说得比较多的不外乎西方诗歌传统和中国古典诗歌传统。像西方的现代派、后现代派诗歌,对新时期诗坛影响深远,中国当代诗歌在某种程度上来说就是由他们哺育出来的,"言必称希腊"成为诗歌界的时尚。对中国古典诗歌传统的继承,现在越来越多的诗人有了自觉意识。譬如于坚说:"读得最多的是古典诗词""李白对于我是一个当代的大师";雷平阳也说"我取西方诗歌的观念与技术,再注入中国古典诗歌的精神"。这种继承,更多是精神层面的,也有技术层面的,譬如意境营造、锤炼词句等。可是，当大家讨论厚植传统时，似乎忽略了还有两种诗歌传统：新文学传统和社会主义文学传统。譬如徐志摩、戴望舒、冯至、艾青、七月诗派，譬如郭小川、贺敬之、李季、闻捷，包括新民歌运动。不知道当下还有多少诗人重视闻一多提出的"音乐美、绘画美、建筑美"的诗学原则，更不知道还有多少诗人了解新民歌运动……在碎片化和世俗化的当下，诗歌写作从整体上退回到个体，退回到内心，退回到语言本体，宏大叙事、家国情怀、浪漫主义、批判精神等在二元对立的思维模式下，要么遭到漠视，要么遭到弃绝。诗人们已经习惯于捕捉小悲欢、小疼痛、小叛逆、小情绪、小感悟，浅唱低吟，顾影自怜，着意表达现代人的生命感受，譬如孤独感、疏离感、漂泊感等。当然，这样的诗学观念也催生了不少好诗。但是总体而言，诗歌越来越不及物，越来越蜕变成可以把玩的精致小玩意儿。诗人对于时代的认知与把握越来越呈现出单向度的特点，他们越来越醉心于做虔诚的语言"炼金士"、声音"雕刻家"。诗歌美学趣味的纯粹化、单一化倾向，不仅妨碍了诗歌的多元化生长，也妨碍了诗歌精神高度的提升，使得诗歌的路越走越窄。我所在的《长江文艺评论》的杂志曾经组织过关于工人诗歌的讨论，其中一个角度就是追溯由新文学传统发展而来的左翼文学传统在诗歌中的嬗变。左翼文学难道就意味着文学性不够吗？难道那些敏锐观照社会，深刻反映民生，具有强烈批判意识的诗歌就比所谓的"纯诗"低一个档次吗？为什么郑小琼、许立志、郭金牛等打工诗人的作品让我热泪盈眶？为什么纪录片《我的诗篇》让我心潮澎湃？还有盲诗人周云蓬，像他的《中国孩子》专辑中的民谣，难道就不是诗歌吗？在他的身上，可以看到"文以载道""乐以象德"的传统；在他的诗歌中，充满了对社会不公的批评、对人生悲苦的怜悯。他总是以一种调侃的语调吟唱那些严肃、沉重的主题，拒绝哗众取宠或玩世不恭，始终保持着一种乐观、昂扬的精神。在他的文字中，可见赤子之心，可见一位歌者心灵世界的浩瀚与深邃。他的歌谣为什么受到那么多普通读者的追捧？因为人们可以从中感受到语言的力量，获得思想的启悟。

诗人们一边感叹写诗的人比读诗的人多，一边仍沉溺于在小圈子里自我赏玩、互相吹捧，难道不应该跳出来重新审视一番自我吗？要想打开诗歌创作的新面向，除了对优秀诗歌传统全面继承之外，还得重视解决一个关键问题，那就是诗人如何理解、如何处理自身与时代、与社会的关系。我想，可以从两个层面展开思考：

一是从共时性角度理解我们的时代，必须具有大视野。把握我们所处的时代，我认为有三个关键词：全球化、市场化、科技化。全球化带来的不仅是世界经济、文化等的紧密联系和融合，也带来了诸多冲突，其中以文化冲突为最。亨廷顿说过文明的冲突，全球化其实加深了这种冲突。现在我们为什么反复强调"文化自信"，强调"中华文化立场"，这其实就是对于外来异质性文化冲击的应激反应。在文化冲突视域下，文学其实有着广阔的表达空间。诗歌不需要为这种冲突做结论，但它可以表达人在这种处境下的生命感受、情感状态、价值选择。伴随市场化而来的是功利主义，是世俗化、欲望化，诗人们对此异常敏感，在反抗中固守着心灵的象牙塔，创作了不少优秀的诗篇。还有一个就是科技化，基因技术、人工智能的飞速发展，不仅改变了我们的生活，而且将对人类的社会关系、情感结构、伦理价值等带来全新挑战。当基因复制技术发展下去，人类可以不死的时候，基于死亡来定义的人的生之价值还有什么意义呢？法国教育部前部长、哲学家吕克·费希写过一本《超人类革命》，随着"超人类"的出现，人类将如何自处？人类的前途在哪里？诗人难道不应该关注这些问题吗？当然，诗歌并非一定要去直接书写这些东西，我所强调的是，世界不仅仅是"个人"的小世界，它也是无数"个人"集合成的大世界，它需要更宽广的视野去关怀。

二是从历时性角度理解我们的时代，必须强化历史感。现在的文学，包括诗歌，常常是悬浮的、割裂的，看不到它的思想、文化的来路，丧失了历史感。当然，历史感并不等于就是书写历史，或者回到历史现场。艾略特说过："历史的意识又含有一种领悟，不但要理解过去的过去性，而且还要理解过去的现存性；历史的意识不但使人写作时有他自己那一代人的背景，而且还要感到从荷马以来欧洲整个文学及其本国整个文学有一个同时的存在，组成一个同时的局面。这个历史意识就是对于永久的意识，也是对于永久和暂时的合起来的意识。就是这个意识使一个作家成为传统性的。同时也是这个意识使一个作家最敏锐地意识到自己在时间中的地位，自己和当代的关系。"这段话至少包含三层意思：一是历史感来自传统，并且是对于传统的共时性感受；二是历史感包含着永恒性，是永久与暂时的共同体；三是历史感包含着当代性，写作者处在时间的链条中间，必须有效处理个人经验。因而，历史感是包容的、开放的，同时也是整体性、个人化的。诗歌如果要想摆脱"小、轻、浅"的美学趣味，必须建立写作的历史感。

乔治·巴塔耶在《文学与恶》中有一段振聋发聩的话："真

正的文学是富于反抗精神的。……文学怀疑规律和谨言慎行的原则。"我想,当下的诗歌写作,只有在对自身的决绝反抗中,才有可能开创新的美学境界。

根据座谈会发言整理

2017/12/16

一道独特的文学风景线
——略谈"中国文学的宁夏现象"

宁夏文学是黄土高原上一个独特的存在,新时期以来由"一棵树"发展到"三棵树",再到"新三棵树",如今已是翁翁郁郁一片壮观的文学树林。像石舒清、郭文斌、陈继明、金瓯、漠月、张学东、季栋梁、李进祥、马金莲的作品,都给我留下了较深的印象。宁夏文学已成为一种"现象",对于讲好中国故事、弘扬中国精神提供了独特的经验。

我想用三个"清"来简单概括一下阅读印象,即清苦的生存状态、清安的人生态度、清洁的精神追求。

首先说"清苦的生存状态"。宁夏自然条件恶劣、经济相对落后,像西海固有"苦甲天下"之称。宁夏作家关于乡土的描写中弥漫着干旱、饥饿、贫穷、苦难,呈现出清苦的生存状态。像石舒清的"疙瘩山"、陈继明的"高沙窝"、李进祥的"清水河"等故事,都逼真而细腻地记录了原生态的生活。记得石舒清有一部小说集叫《苦土》,这个题目具有象征性,道出了宁夏作家普遍具有的"苦土"情结。陈继明说:"生活在西部的作家,距离土地和苦难更贴近,因而写得更多……对于他们来说,这样的情形更是命运,而非策略。"他们对于"清苦"生存状态的表现,不是猎奇性的展览、消费性的噱头,而是与心灵、与生命感受直接关联,因此这种贫困、苦难书写别具动人心弦的力量。除了表现现实层面的苦难生活,还有宗教层面的苦难。像李进祥的《孤独成双》,把民族的命运和心路历程置于苦难大地的怀抱中进行演绎,生发出对民族命运"孤独成双"的慨叹,内含的清苦更耐人咀嚼。

再说"清安的人生态度"。宁夏作家虽然大量书写苦难生活,但是他们笔下的人物总是把苦难视为人的生存常态,"苦而不痛,难而不畏",能够与苦难坦然相处,进而超越苦难,表现出一种清安的人生态度。郭文斌说:"对于西海固,大多数人只抓住了它'尖锐'的一面,'苦'和'烈'的一面,却没有认识到西海固的'寓言'性,没有看到她深藏不露的'微笑'。当然也就不能表达她的博大、神秘、宁静和安详。培育了西海固连同西海固文学的,不是'尖锐',也不是'苦'和'烈',而是一种动态的宁静和安详。"作家们总是用平和的心态去感受和体味,努力在生活的苦难、困厄中发掘美好和温情,在物质的贫乏、窘迫中寻觅真爱和诗意。郭文斌还说过:"贫穷就是贫穷,它不可爱,但也不可怕,人们可以而且能够像享受富足一样享受贫穷。贫穷作为一种生存状态,人们只能接受它,歌颂与诅咒都无济于事。"这句话更是道出了宁夏作家对贫穷、苦难的独特理解,以及他们温暖平和、超越此在的心态。这种人生观明显受到儒家的中庸之道、伊斯兰教的"真忠之道"("两世并重"的生死观,达观、平静)的影响,应该还受到佛家的以苦修来获得"来世"的幸福,道家的修身养性、追求天人合一的和谐等观念的影响。儒、佛、道、伊等多种文化共同塑造了宁夏地区人们特有的地域性格和民族心理,突出地表现为隐忍、旷达、平和。这种人生态度在石舒清、郭文斌、张学东、漠月、马金莲等作家的作品中清晰可见。像郭文斌的《水随天去》中，禅宗的顿悟使"父亲"抛弃了所谓的"现实之有"而进入"精神之无"；这种弃世行为，既是一种生命自适的体现，也是一种返璞归真、追求精神自由的体现，暗含了道家不为物役、率性顺道、叩问本真的意义诉求。当"父亲"的生命哲学与人生观念游走于儒道释文化之间，世界就成了人心安详如意的镜像。像马金莲的《长河》，则表达了纯净高尚的"死亡关怀"。人们面对死亡时的安详与释然，显然与回族"两世吉庆"的宗教信仰有关，因而有一种"复命归真"的淡定和从容。像李进祥曾说，他受到"苏菲色彩"的影响，"因为是回族，是苏菲色彩回族，又生活在苦甲天下的宁夏南部，我会写一些艰难的、苦涩的、不可言说的疼痛的东西"。"苏菲"对于人生价值的独到理解，像"清静无为""人生的价值在于不断从事精神修炼以净化灵魂"等观念，造就出坚忍不拔的隐忍精神，表现为清安的人生态度。李建军说宁夏文学有一种"宁静与内省的气质"，我想与这种超越性的人生态度是有关的。

最后说说"清洁的精神追求"。宁夏文学的精神性特征非常突出，作家们不约而同地将苦难审美化，表现出对"清洁之美"的崇高追求。俄国著名思想家、哲学家列夫·舍斯托夫说过："美学思想观照下的苦难之所以闪现美的光芒，是因为苦难会在苦难者的审美意识中回归为一种美，当苦难成为审美的内容，其含义会发生变化，苦难的内容甚至会被取代。""清洁之美"中包含着神性色彩，这种神性色彩一方面源自伊斯兰宗教文化的影响，另一方面也是对现实语境的回应——在消费主义浪潮的冲击下，固有的价值观分崩离析，人类的自我拯救只能寄望于神性的力量来完成。宁夏作家对清洁精神的追求，往往是通过日常化的书写来实现。像石舒清在《清洁的日子》中描写回族家庭的"扫院",看似平常普通,却深入细致地发掘出日常生活中的诗意和温情,进而上升为一种精神信仰。从小说平静甚至平淡的描写中,我们了解了什么是真正的苦难和贫穷,同时也理解了这种生活能够维持下去的奥秘——真正的清洁精神就在这种素朴的生活中彰显。像了一容的《挂在月光中的铜汤瓶》中,"月光"是一种充满诗意的浪漫想象,代表母性的慈爱,"汤瓶"是穆斯林信众的洁净用具,"铜"则暗示了该民族质地坚硬的精神。这篇小说从人生的卑微来写心灵的高贵,表现了对于信仰的坚定追求。

宁夏文学取得了突出成就,对于当代中国文学发展具有重要的启示意义:

一是对文学地域性、民族性的坚守,为讲述中国故事提供了独特经验。在信息化时代,"二手经验"泛滥,文学写作表现出趋同化、模式化,独特的故事、独特的体验、独特的发现越来越稀少。宁夏作家回到中国化的具体历史语境与话语场中,扎根现实土壤,扎根民族生活,虔诚地描写这片土地上的人们在苦难中的挣扎和走向新生途中的困惑,生动而逼真地表现出了乡土的"地方色彩"和"异域情调",取得了有目共睹的成就。宁夏作家直面现实和处理现实的能力、品格在当下文坛独树一帜,为我们如何讲述中国故事提供了有益借鉴。

二是对文学精神高地的坚守,提升了中国当代文学的精神含量。在这个商品化、物欲化的时代,宁夏作家始终保有对文学的敬畏,将文学视为精神的高地,他们的许多文字甚至带有神性,这与京沪作家、南方作家迥然不同。他们继承了新文学"为人生"的优秀传统,表现出历史责任感和使命担当精神。贺绍俊在

《宁夏的意义》中说,"宁夏的文学肖像精准地表达出建立在前现代社会基础上的人类积累的精神价值"。相对于流行的欲望写作、黑暗写作,宁夏文学努力超越苦难和世俗,对神圣、纯净精神的孜孜追求,对于重建当代价值理想具有启发意义。

关于宁夏文学未来的发展,我有两点建议:

一是对主体精神的再发现与坚守。

要重视启蒙传统。百年来中国社会发展有一条清晰的主线,那就是对现代性的追求,这也是人类社会发展的潮流和趋势,离开现代性来谈"文学性"是不可能的。当下时代的一个突出特点是前现代、现代、后现代相互缠绕、彼此冲突,恰好为文学提供了创新的机遇。在这样的时代语境中,启蒙思想仍然没有过时。康德说过:"从迷信中解放出来唤作启蒙。"启蒙的要义正是"重新认识你自己",在这个意义上说,宁夏作家对人的主体性的发现和坚守,比对于理想、信仰的坚守显得更加重要。在宁夏作家中,漠月给我的感觉是,他似乎更加注重知识分子的主体意识和主体情怀。这应该与他的经历有关。漠月远离了自己的故乡,因此故乡才成了他比照现实社会、关注生命状态的精神家园。像他的《赶羊》中,女人放羊的行为不是原初意义上的饲养,而是一种精神存在方式,放牧的并不是羊群,而是自己的心灵,羊群之于女人是一种温暖的符号。他试图在小说中建构一种自足和谐的世界,当然这个世界还是被破坏了。像陈继明的《北京和尚》,他思考的是怎样从"知识——权力对人的奴役"中寻求精神突围,而不是考虑如何从古老的农耕文明获得心灵的安栖之地。他们的思考和表达都体现出一种强烈的主体意识,在重新认识自己的过程中,对生活、对历史、对生命、对人性有新的观照与发现。

要避免同质化。李建军指出:"从整体上看,他们的作品虽然不乏新意和诗意,不乏朴实的情感和健康的道德内容,但是,缺乏境界阔大、思想成熟、技术圆练的大作品,更为严重的情况是,他们写到一定程度,一旦被社会认可,就不自觉地在已经形成的模式里进行复制性的写作,写出来的作品给人一种彼此雷同,似曾相识的印象。"同质化的根源之一是作家主体意识较弱,缺乏更加开阔的视野和更独特的体验,缺乏洞察力和思想力。作家只有自觉地"打开"自我之后,才有可能"打开"眼前的世界——宁夏大地上除了清苦的乡土,还有丰美的塞上江南,还有转型中的城镇,还有现代都市生活;只有具备了更加开放、现代的理念,才可能在与传统文化的碰撞中激发出思想的活力,在与流行观念的交锋中焕发出思想的力量。

二是建立总体性的观照视野。很多时候,人们容易陷入简单的二元对立思维,在这种思维的主导下,乡村、贫穷、苦难往往会变成消费性景观,从而消解了它们应有的审美价值、思想价值。城、乡虽是不同的"场域",但是异质的表象背后存在共有的时代精神,这就需要作家去开掘、发现和整合。写作者只有抛弃了简单的城乡二元对立思维,在现代性的立场上自觉追求自然生命、精神生命的融合,才有可能重构人类的精神家园。尤其是关于底层生活的书写中,要特别警惕纯粹的道德批判,因为道德不是唯一的更不是最高的尺度。简单援用人道主义,很容易限制作家对于"人类社会发展与进步"的深入思考。要避免成为马尔库塞说的"单向度的人"。作家应该拥有一种总体性的眼光,在宏阔的人类视野和历史视野之中,全面、深入地理解全球化、市场化和高科技共同作用于当下而带来的深刻的社会结构性变化,以及人类心灵遭遇的巨大危机,去准确捕捉作为镜像的"真实生活",而不至于被碎片化的、表象化的感受所遮蔽。不能只是瞩目"过去的乡村",还要观照"现在的生活";不能认为描写乡村,只要熟悉乡土就够了,还要理解城市化的进程。倘若忽略了社会生活的全面性和有机联系性,忽略了生活的历史感,必然会影响作品的思想深度。恩格斯说过,作品的思想深度不是纯粹思辨的产物,而是来自作家对他所反映的"历史内容"的深刻认识和把握,因而需要一种总体性视野,将外向的探索、观察与内向的感受、反思统一起来,将个人经验与公共经验整合起来,在边缘与中心的双向互动中,去探索广阔而深邃的真实存在。

2018/5/14

回到儿童文学写作"常识"

前几年儿子上小学,特别迷恋马小跳、墨多多之流。这些"小人儿"动辄撑出一个长长的系列,他就一部追着一部买,有的还翻来覆去地看,津津有味、乐在其中。说实话,这些畅销书除了故事有趣,善于迎合儿童心理,其思想内容实在单薄贫乏,文字更是平淡无奇。作为消遣读物翻一翻当然无害,可是倘若作为文学作品,其审美品质实在值得质疑。于是,我给他推荐了一些我认为值得精读的儿童文学,譬如《安徒生童话》《小王子》《青鸟》《新月集》《夏洛的网》《草房子》《寻找鱼王》等。令我感到意外的是,他只认真读了两遍《夏洛的网》——我翻译的那个版本,他成心要为我的译文挑刺(很开心地找出了一个校对错误);至于其他书,他要么草草翻过,要么读不下去——用他的话说就是,"太深了""不好看"。

当然,儿子的感受与他的年龄有关,他还不太能理解比较深奥的文学作品。但是,他的选择还是引发了我思考一个问题:到底什么才是好的儿童文学?

要弄清这个问题,首先得回答什么是"儿童文学"。所谓儿童文学,它的阅读对象主要是儿童,作家创作的作品须符合儿童的阅读心理和审美趣味,这是与成人文学的根本差异。但是,"符合"是否就意味着一定要去"迎合"呢?这涉及一个更深层的问题,那就是如何理解"儿童本位"。周作人在《儿童的书》中说过:"儿童的文学只是儿童本位的,此外更没有什么标准。"儿童本位观念,强调了儿童作为生命存在具有独立性。从事儿童文学创作,这当然是应该遵循的基本伦理。但是,当我们强调成人要理解和尊重儿童时,并不意味着完全去迎合儿童的消极需求,因为儿童毕竟是"未完成的",需要教育、引导、提升。正是在这个意义上,儿童文学有责任帮助儿童建构正确的价值观,帮助儿童提升审美品位,只有如此,才能使儿童逐步实现作为生命存在的"独立性"。

尽管是给儿童阅读的文学,但就本质而言,儿童文学还是"文学"。它不是新闻报道,不是知识读本,不是励志故事,而是一种特殊的诗性文本。回顾我们熟悉的儿童文学经典,它们也许不是最好看的作品,但一定是最耐看的作品;它们也许不是某个时代最受儿童欢迎的作品,但一定是传播既广且远的作品。它们往往既与那个时代脉息相通,又能超越那个时代的具体生活情境;它们往往源自现实生活,又总是洋溢着理想主义气质;它们往往会塑造出鲜明可爱的形象,这个形象可能叛逆、顽皮、淘气,但一定是追求真善美的;它们的叙事可能浅显易懂,但是一定包蕴着深刻的思想内涵,而且不会放弃对有意味的形式和对诗性文字的追求……

回答什么是"好的儿童文学",其实并不困难。很多看似玄奥的难题,一旦回到常识,往往迎刃而解。可是,"常识"最容易被人们忽略。当儿童文学越来越市场化和产业化时,许多文学常识就被作家们有意无意地遗忘了,所以才会导致非文学的"儿童文学"泛滥。

在市场化的汹涌浪潮中，舒辉波没有随波逐流。他不仅尊重"常识"，而且一直坚守着"常识"。正如评论家叶立文在一次研讨会上所言，舒辉波的儿童文学是一种"出圈"的写作。他是出了"流行"的圈，回到了"常识"的圈。在"常识"的圈内，他还有自己的创新，这就更不容易了。

《逐光的孩子》就是一个成功"出圈"、多有新意的文本。本专辑的四位作者从不同角度切入这部作品，充分揭示了它的"文学性"。胡德才认为，《逐光的孩子》成功塑造了个性鲜明的山村儿童形象，彰显了理想主义精神，通篇洋溢着浓郁的诗意，"直面现实、真诚书写，严峻但不悲观，温馨而又感伤，苦难中升腾起希望之光"。陈澜则指出这部小说延续着舒辉波写作中"爱与疗治"的主题，她从师生双向情感疗治、文学对于人生的疗治、作品本身对读者的疗治三个层面展开细致分析，进而敏锐指出，舒辉波笔下的儿童比成人拥有更高的心理站位，"折射出了一种根植于现实语境的现代儿童观"。殷璐对少年覃廷雍的形象进行了深入分析，认为其"敲钟人"的身份设定和梦想成真的结局具有象征性，不仅渲染了充满温情的爱的氛围，而且增加了叙事中的谐趣，最终都指向了作品整体的美感与诗意。周聪认为这部小说涉及新时代山村师生形象塑造、乡村自然景观的呈现、支教教师的身份认同、城乡经验的碰撞冲突、乡村教育困境等诸多命题，还认为文中大量存在的"副文本"敞开了一个多元的、诗意的文本空间。

就在组织这期评论小辑之前，我特意把《逐光的孩子》放在儿子的书桌上，嘱他抽空读一读。一天早餐时，他突然对我说：你推荐的那本书挺好看的。然后，他一二三四五谈了阅读心得。

虽然他说得不是那么专业精深，但是很多感受和我们相去不远——看来，一部好的儿童文学，在审美之眼审视下并没有什么隔膜！

本文系《逐光的孩子》评论小辑主持语
2021/5/4

也谈学人创作

新时期以来,提笔进行文学创作的学人越来越多,而且涌现出不少优秀作品。在小说创作方面,历史学家凌力的长篇小说《少年天子》获得"茅盾文学奖",翻译家杨绛的《洗澡》深受读者欢迎,学者曹文轩的儿童文学畅销不衰,还有老一辈评论家李陀、於可训以及中青年学人阎真、马步升、李洁非、阿袁、李云雷、徐兆寿、房伟、刘保昌、李德南、丁伯慧等人的小说都引起广泛关注;老一辈学者季羡林、金克木、张中行等人的散文随笔风行一时,文学史家、文学评论家雷达、陈平原、丁帆、南帆、李敬泽、费振中等人皆出手不凡,多有散文佳作,戏剧专家余秋雨的"文化散文"更是引领风潮;至于诗歌创作方面,评论家陈超、耿占春、臧棣、西渡等人都是因诗歌创作成就突出而被誉为"学者诗人";熊培云、梁鸿、杨庆祥、黄灯以及刘禾等学者的"非虚构"写作,更是成为近年引人瞩目的文学现象。

其实,中国现代文学史上从事文学创作而且成就卓著的学者不乏其人,譬如鲁迅、茅盾、朱自清、闻一多、冯至、钱锺书、凌叔华等。当然,人们一般将鲁迅和茅盾视为作家而非学者,但是钱锺书堪称"典型学者",他的《围城》将学人创作推向了一个高峰。新时期大量学人从事文学创作,只是赓续了由于历史原因一度中断的文化传统,并非什么新鲜事儿。当然,它非常重要的一个时代意义在于，从侧面助推了新时期作家学者化的浪潮，使作家们意识到迫切需要提升文化素养。

学人创作的勃兴，不仅打破了封闭狭隘的学科分工，而且以丰富的理论资源和深厚的人文积淀拓展了文学视野和文学深度，为文学创新注入了新活力。尤其是从事文学研究和批评的学者亲自"下水"创作，既改变了总被人诟病只会"吹喇叭抬轿子""站着说话腰不疼"的尴尬境遇，又有助于在研究与创作的双向互动中深入领悟文学的审美奥秘，从而更加准确地把握文学本质。

纵观当代学人创作，大体具有这样一些特点：一是善于将学理、知识与文学巧妙融合，表达对于社会、人生的独特思考与深切关怀。一方面，学人创作易于在文本中融入学理性知识来提升思想深度，同时又擅长将智性的幽默与深沉的情感进行调和，因此作品往往"情""理""趣""识"兼备，别具韵致，如季羡林、雷达、丁帆等人的散文；另一方面，学人创作往往以扎实的学术研究作为虚构的基础，系统精深的专业知识会使文本更具文化内涵，譬如凌力、马步升、徐兆寿等人的长篇小说。二是秉持知识分子立场，具有较强的反思与批判色彩。像杨绛对于极左政治的批判，李陀对于知识分子精神病态的揭示，於可训对于传统文化的反思，李云雷对于"纯文学"意识形态的颠覆，都体现出知识分子站在时代最前沿和最高点，高屋建瓴地把握生活和穿透历史本质的能力。三是主体意识较强，自觉突破文学成规。学人创作只是专业研究之外的另一种自我表达，所以更臻于自由心性的抒发，较少受到文学程式的规训。譬如李敬泽的《青鸟故事集》《会饮记》，完全打破了传统散文的书写范式而让人耳目一新；刘禾的《六个字母的解法》则糅合了侦探小说、随笔、散文、游记、诗歌等多种文体，堪称成功的跨文体写作。

尽管当代学人创作取得了不俗的成绩，但是从更高的要求来审视，仍然缺乏洪钟大吕或幽深精微的经典之作。原因可能是多方面的，但其要者无外乎两点：一是思想能力匮乏。缺乏力图去总体性理解和把握世界的愿望和能力，对世俗性的迷恋大于对超越性的追逐，对趣味的把玩大于对真理的求索，因而不可能像萨特、加缪那样，将文学引向哲学的高度，甚至不可能像鲁迅那样，富有穿透性地洞察时代和人性。二是原创意识不足。当代著名学者安伯托·艾柯的长篇小说《玫瑰之名》熔哲学、文字学、版本学、自然科学等知识于一炉，完美地实现了审美创造性转化，畅销全球。此书还引发了20世纪末期的"阐释大战"，推动了阐释学理论的发展。文本的新意与巨大阐释空间显然源于作者的原创性思维，这恰是从事创作的中国学人比较匮乏的。

2019/3/8

第二辑

先生本色是诗人

在人们的印象中，於可训是武汉大学资深教授，是一位声名赫赫的学者和评论家。其实，他还有另外一个身份——卓有成就的作家。新近出版的《於可训文集》皇皇十卷，其中九卷收录的是文学研究与批评成果，一卷收录的是他发表过的部分诗歌、散文和小说。尽管创作的内容在整部文集中所占比例较少，但是仍然足以让人惊叹。它从另一个侧面展示了於可训取得的成就，也为我们全面认知和评价他提供了生动素材。

对于一个写作者而言，一部又一部书不仅构成一条文字的河流，而且构成了一条生命的河流。《於可训文集》洋洋四百余万言，呈现的正是一条宽广而深邃的河流。四十多年来，於可训在文学史、文学理论和文学批评三个领域勤奋耕耘，均取得了丰硕成果。他独立撰写的《中国当代文学概论》以强烈的"史论"色彩、独特的叙述框架和文学分期，被学术界誉为开辟了一条"个性化的文学史研究路径"。他的《文学批评理论的基础》简明扼要地阐述了文学批评的核心理论问题，脉络分明，举例精当，文字简约，具有很强的针对性和实用性。他的《新诗体艺术论》和《当代诗学》系统梳理中国百年新诗的文体形态和诗学观念，对于当代诗歌如何吸收中西诗学传统具有启发意义。他的《王蒙传论》被誉为"迄今为止最全面、最系统的关于王蒙研究的厚重之作",不仅全面揭示了王蒙的文学成就,而且展现了其知人论世的丰富阅历以及出儒入道的体认能力,在"心灵对话"与"灵魂探险"的过程中折射出思想的光芒。从出版第一部评论集《小说的新变》开始,於可训就显示出卓越的批评才华。他为《小说评论》主持"小说家档案"16年,推介了包括莫言、陈忠实、张炜、韩少功、贾平凹等在内的近百位中国当代最活跃的作家,每期撰写的主持人语独具手眼,广有影响,开创了"说话体"的批评新风。仅就湖北文学而言,他对新时期以来湖北大大小小的作家几乎都有评论,从方方、池莉、刘醒龙、熊召政、陈应松一直到刘继明、晓苏、曹军庆及至更年轻的李修文等莫不如此,对于推动湖北作家的成长和成名可谓功莫大焉。正如司马迁所言,"究天人之际,通古今之变,成一家之言",於可训的文学研究和批评呈现出稳健、敏锐、开阔而深邃的特点,在当代文坛自成一家。

作为一名学者和评论家,於可训无疑拥有强大的理性,但是,这种理性丝毫没有遮蔽其"诗心"。正如李贽所言,他始终保有一颗"童心"。以这样的赤子之心从事学术研究,任何艰涩诘屈的理论也会变得清通可爱;以这样的诗意情怀从事文学创作,任何小说、散文也会散发出动人心弦的魅力。早在上大学之前,於可训就是颇有名气的"工人诗人",文集中收录了几首他早期创作的诗歌,文字洗练,意境优美,洋溢着那个时代热烈、真诚的青春气息;他后来创作的《晕地》等诗歌则饱含哲理,深沉蕴藉,更具个人化色彩。尤其值得一提的是,他还写了不少旧体诗与打油诗,如《腊八唱和》《和遇春CSSCI三刺》,前者书写日常生活中的师生情谊,后者讽刺学术期刊的非正常生态,语言幽默风趣，一个睿智、通达而可爱的"老顽童"形象呼之欲出。於可训还创作了不少小说，如收在文集中的长篇小说《地老天荒》，以扎实的写实功力受到好评；"浮生杂记"短篇系列，深得中国笔记小说的神韵。他发表于《长江文艺》的短篇小说《金鲤》，以清新细腻的笔触描绘年轻人纯美的情感，生动地勾画出一幅天人合一的圆融境界，堪称优秀之作。

评论家叶立文曾在一篇文章中说，於可训"那个自由的灵魂在沉潜学术、品味人生中自由飞翔"，堪称知言。正是因为他有一颗不羁的追寻美和诗的心灵，所以他的文字就像燃烧的火焰，总是散发着温暖和光亮，不仅呈现出一位学者、批评家和作家的才情与智慧，而且映照着一位人文知识分子的生命情怀与人生境界。正所谓：文苑躬耕四十载，"灵魂探险"著雄文。出儒入道觅自由，先生本色是诗人！

2018/9/3

由《山河袈裟》说开去

李修文的《山河袈裟》获得鲁迅文学奖,意味着文学界对于他所建立的一种新的散文美学的肯定。我和李修文是同龄人,更能理解他在文学道路上的求索之诚与创新之艰。

我觉得"美"始终是李修文书写的核心,既是他写作的出发点,也是他写作的旨归。他早期的中短篇小说关注虚无与美,对经典进行解构、反叛,呈现出狂欢化色彩,明显受到后现代主义的影响。在这个阶段,他是以对丑的表现来探寻美。第二个阶段的代表作是长篇小说《滴泪痣》《捆绑上天堂》,主要书写爱、死亡与美,探索爱的本质、生命的意义,浪漫主义气息非常浓郁。第三个阶段以电视剧《十送红军》为代表,表现信仰、精神之美。他在这时进入文学创作调整期,开始了散文写作,有一部分作品收录在《山河袈裟》中。现在是他创作的第四个阶段,书写人民与美,为山河书写,为心灵抒写,为无名者立传。

在《山河袈裟》中,李修文通过他的极富创造性的表达,激活了"人民美学"的概念。2000年,黄纪苏写了一部话剧《切·格瓦拉》,在北京上演后引起广泛讨论。有人说《切·格瓦拉》是人民美学的胜利;还有人说,我们要立足一个共同的、根本的道义立场来观看和评价这类作品,只有如此,"人民"这个不断遭到解构、一度在主流话语圈中失去正当性的概念才能苏醒并获得生机勃勃的力量。在过去相当长的一段时间里，谈论"人民"这个概念是富有挑战性的，会让人产生游离或者恍惚感，而李修文重写并照亮这个概念，其美学勇气是值得钦佩的。在李修文看来，他的"人民"与传统的阶级性人民概念并不完全一致，他关注的是底层小人物，是无名者、失败者。他有自己的新思考与新发明。比如说，如何处理我与人民的关系？他在自述中有一段话说得非常好："很多时候他们是失败者，是穷愁病苦，我曾经以为自己不是他们，但事实上我就是他们。"很多作家以自己是底层、弱者的代言人自居，而李修文坚决反对"代言人"，在情感与姿态上始终与写作对象融为一体，获得了共同的道义立场，这是非常可贵的。这就确立了他写作的方向。他在《羞于说话之时》中谈到，"要始终保持一种羞涩或者惶恐"，其实就是对人民保有"敬畏"。在《忆故人》里，他说："万物将我纠缠，但万物都有声音，如果我不盲目追随，不迎面跪下，而是先站直了，再谦卑地去看去听，那么，那些沉默的声音和幽谧的暗影，就会被我唤醒。""先站直了"说得特别好，强化了写作的主体性。虽然他说"膜拜"人民，但有一个前提，那就是对自我主体性的坚守。正是因为他秉持既独立又敬畏的姿态，坚守着一个根本性的道义立场，才使得他的"人民"书写没有泯然于底层写作潮流之中。也就是说，李修文在道德层面对"人民"存在朴素的认同甚至膜拜，但在价值层面他是保有审视的。就像苏格拉底说的"未经反思的生活是不值得过的"，他并没有放弃对生活的审视与反思。正因为如此，他的写作才不断实现自我超越，最终开拓出一个辽阔而深邃的文学疆域。

最后，我想说的是，李修文找到了通向"人民性"的桥梁，这个桥梁就是美——一种极其个人化的审美方式。比如说文体上的创新，他是跨文体写作，大量运用小说笔法，借鉴戏曲的结构方式，等等。另外就是语言的陌生化，有时一段话只有一个句号，全是逗号，节奏沉郁顿挫，呈现出独特的个人美学风貌。他对人民性的表现不是宣传口号，而是回到了文学本质，回到了审美本质。

李修文的《山河袈裟》给我们提供了诸多启发，譬如，怎样避免庸俗化、固化地理解人民性？怎样警惕高高在上的精英启蒙姿态？怎样锻造自己的话语方式……

根据座谈会上的发言整理
2019/11

回到文学的初心

应该是在《芳草》举办的某次文学活动中见过次仁罗布，尽管没有什么交流，但是他的儒雅、清朗，还有那温暖的笑容给我留下了深刻印象。近些年来，他的中短篇小说，还有长篇小说《祭语风中》，赢得了广泛好评，他也成为继扎西达娃、阿来之后最引人注目的藏族作家。他那些风格卓异的文字正如他的人一样，带着雪域高原特有的明亮、宁静、悠远而庄重的气息，让人难以忘怀。

对于少数民族作家来说，有一个屡试不爽的创作"法宝"，那就是选择特有的地域性风景或罕见的民族文化风情作为表现对象，进行"奇观性"展示，以凸显文化差异并标识自我风格。当然，这种写作"策略"常常因为流于浅表化，而遭到人们诟病。次仁罗布干脆就放弃了这种"策略"，回归到日常平凡生活，聚焦身边的普通人物，总是从个体命运的沉浮、从生命的细微处切入历史和现实，在对民族经验的持守中发掘普遍性的人性经验，表达对于尊严的守护，对于信仰的召唤，还有关于人类命运的深沉忧思。

像他获得鲁迅文学奖的短篇小说《放生羊》，讲述一位孤独的老人年扎为救赎爱人桑姆的罪孽，希望她能尽早转世，带领放生羊日复一日，年复一年地转经、拜佛、祈祷的故事。小说叙事宛如小溪平静流淌,既没有跌宕起伏的故事,也没有惊心动魄的场景……从表面看,次仁罗布写的是年扎为使妻子获得救赎而拜佛、行善,其实从深层来看,他是在为这位孤独的老人寻找继续活下去的理由。王阳明说过:"盖天地万物与人原是一体,其发窍之最精处,是人心一点灵明。"在次仁罗布看来,万物都是平等有灵的,"放生羊"正是"灵明",是爱的象征,是老人顽强对抗苦难生活、勇敢活下去的力量源泉。他以略显忧伤的笔调,细腻地书写了慈悲与隐忍,证明了爱的无穷力量。在《八廓街》系列小说中,他通过儿童的眼光来表现小人物的坎坷命运。无论是在战争中失去男性功能的嘎玛、落难的贵族少爷朗杰晋美,还是受尽欺辱的疯癫女人梅朵,他们的身上无不寄托着作家的怜悯之情。透过这些小人物的生命旋涡,可以窥见时代的惊涛巨浪对个体的裹挟、撕扯与毁灭;而因了那悲悯情怀的烛照,苦难变得可以承受,也能超越。他的新作《红尘慈悲》,聚焦落后地区藏族女性的悲苦命运,以温情的笔调礼赞她们的勤劳、善良、隐忍与宽容。他干脆以"慈悲"点题,甚至赋予了女主人公阿姆某种至善的神性光芒。

次仁罗布似乎醉心于这样的"小叙事",执着地书写着小人物的日常生活和精神世界。作为对宏大叙事的反拨与拆解,"小叙事""私叙事"已成为流行的写作方式。与很多作家越写越小、越写越窄、越写越沉重、越写越黑暗有所不同,次仁罗布引领着读者穿行在文字的狭长山谷,可是每当翻越"一线天"之后,呈现在眼前的总是高远、壮阔与瑰丽。

他的长篇小说《祭语风中》并列讲述了两个故事,主线是通过晋美旺扎的悲欢离合来展现半个多世纪西藏社会历史的变迁,辅线是讲述藏密大师米拉日巴的一生。小说采用的依然是"小叙事",表现小人物在重大历史进程中的个体命运起伏和喜怒哀乐。但是,这部小说的叙述始终伴随着形而上的关怀,因此那些人物的经历就不单是具体的人生境遇,而是可以视为已然注定的某种命运形式,人们只有经历这一切,在不完美的人世中历练了心智,才能抵达人生的理想境界……次仁罗布从小人物的个体生命经验角度来展开叙事,不仅清晰地建构了历史的曲折进程,而且揭示了生命的升华过程。这部小说既是一部个人心灵史诗,也可视为一部民族历史史诗。他由"小"而臻"大",由"表"而至"里",创造了一种新宏大叙事方式。毫无疑问,这是对于当代文学的贡献。

在全球化、市场化主导的文化格局中,次仁罗布以独立、顽强的姿态,挣脱了现代意义上的历史规训与整合。他始终以怜悯之情关注着人类生命意识,张扬着精神之美和信仰之美,这既是对于民族记忆的保存,也是对于文学初心的守护。

2018/6/17

不一样的"风景"

在"70后"作家群中,付秀莹是一位具有极高的可辨识度的作家。只要看看她的小说题目,如《惹啼痕》《定风波》《鹧鸪天》《秋风引》《红了樱桃》《绿了芭蕉》《花好月圆》等,就会明了她的审美取向。她的叙事平淡自然,描写细腻逼真,尤其是心理刻画细致入微,语言清新明丽而且富有节奏感,注重营造意境,文字间洋溢着诗情画意。评论家饶翔说,她成功地继承了"荷花淀派"的文学传统。如果从文学史上追溯,她显然还受到沈从文、汪曾祺,包括《红楼梦》的影响。

最早给我留下深刻印象的是她的《爱情到处流传》。风流倜傥的父亲和风姿绰约的四婶发生了婚外恋情,幸好聪慧的母亲巧于周旋,家庭才得以保全。一个看似俗套的故事,她选择了一个特别的角度切入——从一个小女孩的视角去窥视成人世界,以童心滤去了人间的残酷与丑恶,直抵达人性幽微的褶皱。她处理情节的方式有点类似于国画中常用的留白手法,别具审美张力,也初步确立了她的风格。

到了长篇小说《陌上》出版,付秀莹作为"这一个"的形象更为鲜明。这部作品直面当下乡村的最新经验,触摸到时代风潮中的隐隐脉动,就像一首悠长而唯美的谣曲,为当代乡土写作别开一种生面,受到了广泛好评。

付秀莹在这部长篇中摒弃了对乡村进行寓言化处理的流行方式，极尽其才能书写日常生活——家长里短、婆媳吵嘴、偷人养汉，全是些鸡零狗碎的小故事、小细节。小说中人物之间的矛盾大体可分为两类，一类是婆媳矛盾，一类是夫妻矛盾。这些矛盾带给人物的小烦恼、小纠结、小悲欢也都是相似的，而且基本限制在家庭关系之中。尽管有人认为这种小视野略显单调，可能会影响作品的深度表达，但是，家庭是社会生活中最重要、最活跃的细胞，其实折射着社会和时代的变迁，具有一滴水映现世界的效果。读完全书会发现，这些琐碎的生活呈现出某种整体感。这种整体感就是金钱、权力主导下乡村现实秩序的蜕变，尤其是精神和道德的变化。

与莫言、贾平凹等作家的"过去式"乡村书写不同，付秀莹处理的是"现在式"——当下正在发生的乡村生活经验，这无疑更具挑战性。在她看来，乡村既非完全"溃败"，也非理想的"桃花源"，而是一个被纳入了现代性进程的生机勃勃的复杂存在。她没有将乡村置于城/乡、新/旧、现代/传统等二元对立的框架中来审视，而是以一种整体性的视野去观照，故而发现了乡村伦理精神和社会结构的丰富与复杂。隐藏在乡村伦理精神和秩序背后的，是一个个鲜活的人物。这些普普通通小人物幽微的情感生活和精神世界，才是她着笔的重点。

《陌上》给当下乡土写作带来的启示是多方面的，我认为其中的风景描写尤可称道。随着 20 世纪 80 年代后期纯文学观念的兴起，"向内转"成为重要的文学方向，作家们更多地关注人物内心、关注人性、关注感觉和欲望，而对外部世界——环境丧失了探究兴趣，风景描写渐渐从小说中退场。当人物成为小说的中心之后，描写要么被心理化，要么被叙事化，人物活动的背景无一例外变得模糊。而《陌上》不一样，风景不仅浓墨重彩地回归，甚至成为小说中的角色。日本学者柄谷行人说过，只有在"内在的人"那里，风景才能被发现。对于当代许多作家而言，之所以失去了鲁迅式的或者屠格涅夫式的描写风景的能力，不是因为他们缺乏描写才华，而是没有成为一个"内在的人"，因此才对风景视而不见。付秀莹对于风景的重新"发现"，不仅有助于我们思考现实主义文学创新中的典型环境塑造问题，而且建构起了她自己的美学风格。

且看《陌上》中的一段："夜深了。芳村的夜，又安静，又幽深。月亮在天上游走着，穿过一朵云彩，又穿过一朵云彩，再穿过一朵云彩，一时就不见了。地上的庄稼啊房屋啊草木啊，也跟着一阵子明，一阵子暗，有一阵子，竟然像是被洗过，清亮亮的，格外分明。玻璃窗子上影影绰绰的，落满了树影子。也不知道是什么花开了，香气浓得有点呛鼻，叫人忍不住想打喷嚏。"短句子，重叠词，故意重复，动静结合，安静徐缓的节奏，柔美旖旎的光影，传递出深邃幽静的意境。正所谓"一切景语皆情语"，字里行间弥漫着深情。

曹文轩说过："芳村将会成为中国当代文学的一个经典空间……说不准多少年后还会成为社会学家研究乡土中国的一份可以触摸的活的历史档案。"付秀莹对于风景穷形尽相的描写，无疑给这个"经典空间"奠定了坚实基础。

那个敏锐的"永远的少年"

李云雷不仅是一位优秀的评论家,而且是一位风格独特的作家。近年来,他发表了不少让人耳目一新的小说,引起文坛广泛注目。

他的小说大体可以分为三类:一类是少年成长故事,如《电影放映员》《并不完美的爱》《暗夜行路》;一类是历史文化反思故事,如《三亩地》《富贵不能淫》;还有一类是超现实奇幻故事,如《再见,牛魔王》。这些作品大多采用少年回忆的视角,聚焦乡村日常生活和风土人情,表现社会底层小人物的喜怒哀乐和生命历程,有的像夏日清晨牧童吹奏的小调,清新明丽而婉转多情,有的则像冬日深夜聆听老人叼着烟斗轻轻哼唱的谣曲,质朴无华却又意味隽永。他有意将小说写得不像"小说",既有生活化的特点,又有抒情诗的味道,可谓"绝去形容,独标真素",具有鲜明的可辨识度。

像《梨花与月亮》讲述表哥夭折的初恋,夏夜、月亮、梨花、小路、穿裙子的少女、爬到树上张望的少年,还有那个年代的许多经典老歌,这些意象组合在一起就像一首优美的青春诗章,让初谙人事的"我"体验到两性情感的美好、惆怅和感伤,也对成人世界的复杂变化充满无奈。《并不完美的爱》讲述后奶奶不爱"我","我"常感失落和难过,但是"不爱"促使"我"

成长，在精神上变得更加独立。小说的叙述调子明朗而温馨，表现出作家对于人性全面而深刻的理解。《暗夜行路》将个人的遭际嵌入历史的巨大变革之中，以一种日常化的方式表现左翼青年在成长过程中所遭遇的精神困惑，以及对于理想的坚守。《三亩地》讲述"我"和童年伙伴二礼——老地主的孙子交往的一些琐事，聚焦农村土地变化及社会阶层演变。小说引入阶级分析方法，续接了左翼文学的乡土书写传统，让我们在对中国土地百年沧桑的回望中，多了一种审视现实的视角。《富贵不能淫》讲述一个普通农民——舅舅的故事，"我"由他的经历展开对"世界中心"的反思，对以尼采、福柯为代表的西方文化进行了祛魅。比起那些"成长小说"，李云雷的这部分作品显得更加敏锐厚重和富有思想冲击力，因而也更清晰地彰显出他的价值立场。

李云雷从本真的生命体验出发，回到最朴素的、最接近日常叙事的表达，一方面试图恢复文学与生活血肉相连的亲密关系，另一方面也试图重返传统伦理场域中打开人性更加丰富的面向。与此同时，他还试图在启蒙观念之外引入新的思想资源，对历史和现实进行多维度、多层面的审视。从这些短篇小说中，能够清晰地看到他所做的努力。

在李云雷的小说中，始终贯穿着一个"我"，既是叙述人，也是主人公。"我"有一双纯朴、天真的眼睛，对一切充满好奇，而且十分敏锐，就像一个"永远的少年"。心理学家荣格说过，每个人的无意识深处都存在着一个"永远的少年"原型。这个原型指的是希腊神话中的少年神伊阿科斯。他始终保持着少年的活力，永远不会长大成人，是地母宠爱的孩子，是神之子，也是打破秩序的捣蛋鬼。他不被任何习俗所束缚，对世界敞开着自己的心灵，总是孜孜不倦地追求着自己的理想。"永远的少年"心态常常被认为是一种退化，但是荣格认为，"退化"也是心灵创造性过程中的必需之物。依靠"退化"，自我得以与无意识相接触，由此获得的是未来发展的可能性，或者是崭新生命的萌芽。因此，这种"退化"其实蕴含着无穷的创造。李云雷小说中的这个"永远的少年"形象充满了魔力，他不仅会唤起我们心底沉潜的乡愁，会引起我们麻木心灵的战栗，让我们得以从另外的视角回望我们曾经的时代，窥探人性的秘密，在对于记忆的重新激活中点燃创造激情……我想，这个"永远的少年"形象也是作为批评家和作家的李云雷的象征，让我们深切感受到一个"有趣的灵魂"的孜孜求索。他对流行和中心始终保持着警惕，一直在努力寻找属于自己的角度和方式，讲述属于"我"或"我们这一代"人的故事。

让文字熠熠发光

时间与许多人为敌,却是阿毛的朋友。我和她同居一座城市,可是见面的机会并不多;偶尔相见,总会感慨时间特别呵护她。她的外貌一直没有太大变化,就像她的诗一样,似乎有一种美凝固在时光之外。在这个物欲滚滚、人心浮躁的时代,她活得简单、纯粹而宁静,追寻并享受着诗意和幸福。她一直在寻找伍尔夫所说的"一间自己的屋子",希望像米兰·昆德拉笔下的人物那样"生活在别处","以诗发光"(她的一篇随笔的题目)。三十年来,她发表了三百多万字的诗歌、小说、散文、随笔,获得了不少重要奖项,尤其是诗歌创作成就突出,堪称当代文坛上具有代表性的女诗人。最近出版的四卷本选集《玻璃器皿》《看这里》《女人像波浪》《风在镜中》,集中展示了她的创作成果。日复一日,年复一年,阿毛熬血煮字,持灯而行,以文字照亮自己,也照亮了无数的读者。

这套选集的封面设计匠心独运,书名之上都有一幅抽象的河流图案。"河流"是一个优美而富有文化内涵的意象,在某种程度上象征了阿毛的创作历程和特色。假如追溯阿毛诗歌创作的源头,会发现那是一泓清溪,明净、幽美、清亮。小溪汩汩流淌,不断遭遇险滩、漩涡,水流迂回、跌宕、奔腾;随着更多溪流汇入,在冲撞和激荡之中,浪花飞溅,涛声轰鸣;河流变得开阔、深邃，也越来越显示出独特的姿态，向着大海奔流……阿毛早就建立了自己的诗学观念，善于从个体生命的角度、从女性的视角来处理日常生活经验和内心的情感波动。她的诗歌看上去千姿百态，其实内核从来没有改变，那就是她在《自画像》中所言："一种因美而生的绝望/坚定着我的航向。"她早期的诗歌大多抒发个人对于生活、亲情、爱情的感悟，譬如《为水所伤》《至上的星星》等，单纯、感伤而唯美；诗集《变奏》的出版是一个标志，她开始突破个人的狭小生活而走向大千世界，视野更开阔，风格更明朗、质朴而有力。她的广受好评的《女人词典》《玻璃器皿》，还有关于旅行、地理的许多诗歌，不仅表现出强烈的女性意识，而且融入了公共知识、公共意识，既敏锐、缠绵、优美，又朴素、深沉、温暖。譬如《玻璃器皿》："坐不能拥江山，/站不能爱人类！/这低泣的洞口，/这悲悯的母性。/你们用它盛空气或糖果，/我用它盛眼泪或火。"表现出博大深沉的悲悯情怀，具有直击人心的力量。像她的近作《徐娘曲》："不知不觉就老了/叫自己徐娘//或/老女人//但不用年轻女子的/恶毒语气//而用母亲的无助和/慈爱//你看紫玉兰要开了/世界又年轻了//青色的旧衣缀着/满天星//而你们/你们都是我所生。"文字间流淌着母性的包容、慈祥、温暖与爱，这无疑是对简单化了的女权意识的超越。

在诗歌创作之外，阿毛还创作了大量的小说、散文和随笔。尤其是那些关于阅读、观影的随笔，不仅表达了她对于人生和艺术的独到感悟，而且呈现了诗人的知识谱系、精神资源和心路成长历程，有助于人们理解她何以成为"这一个"诗人。她的关于伍尔夫、乔治·桑、杜拉斯等作家的阅读札记，关于欧洲艺术电影、新浪潮电影,包括好莱坞经典电影的品评,往往将自己独特的体验融入优美的文字之间,"有一点思想、一点故事、一点知识、一点情趣和一点文采",读来诗意盎然、妙趣横生。这种基于已有的文学、艺术、历史素材而进行的创作,是一种"再写作",不仅需要对文字、影像材料有新发现,而且需要融入写作者的生命体验,并与现实建立对话性关系。像近年来受到热捧的李敬泽的《咏而归》,还有毛尖的影评、祝勇的"故宫系列",都是成功的"再写作"。阿毛的这些随笔,有异曲同工之妙。

我们知道,文学之所以不同于新闻和历史,那是因为它不仅能为我们呈现生活的真相,而且还能为我们呈现某种可能的生活。阿毛曾说过:"一间自己的屋子/让我走在天堂的路上。"倘若走进她的"屋子",我们一定会发现,她呈现了一种值得人们去追求的生活。

这也让我依然坚信,时间会与阿毛继续为友。她的那些发光的诗句,不会因为时光风尘的侵蚀而湮灭光芒!

2018/7/1

在"往返"中重建故乡
——谢伦散文创作管窥

新时期以来,关于故乡的书写构成当代中国乡土文学的重要内容,作家的写作立场基本延续着新文学传统,大体可以分为两类:一类是站在现代文明立场,审视、批判乡村的凋敝、保守、愚昧和落后;一类是站在农耕文明立场,书写乡村的淳朴、自然、美丽和原始力量,宛如田园牧歌。无论是鲁迅的鲁镇、萧红的呼兰河、沈从文的湘西,还是莫言的高密东乡、贾平凹的商州、张炜的芦青河,都没有逸出这两种类型。如今,中国社会发展已经进入到新的历史阶段,尤其是脱贫攻坚和乡村振兴使得广大农村发生了翻天覆地的变化,随着农村人口频繁流动和资本大量下乡,乡村文明与城市文明经历了前所未有的碰撞、交锋和混融,日益变得你中有我、我中有你。农村社会固有的"超稳定结构"被彻底打破,乡村不再是过去的乡村,城乡关系也不再像过去那样泾渭分明。经历着"百年未有之大变局",许多东西随风而逝,许多东西沉淀下来,新生活、新观念、新人物不断萌芽、生长……在新的时代语境下,以怎样的立场、姿态去面对"故乡",并在重新认知故乡、抵达故乡的过程中敏锐回应时代主题变奏,书写鲜活而厚重的中国故事,对作家而言不啻新挑战。

二十多年来,湖北散文家谢伦一直埋头耕耘,默默以自己的方式自觉回应着这种挑战。谢伦自谓是一个"永远走不出故乡的人",痴迷于在纸上重建"故乡"。他在《中国作家》《上海文学》《长江文艺》《散文》等刊物上发表过大量散文,出版了《黄昏里的山岗》《一些被风吹过的事物》等散文集,多次获得各种重要文学奖项。他的作品聚焦故乡——湖北襄阳枣南地区的生活,运笔从容,情感真挚,文字老辣,笔端略带感伤与苦涩,注重将具有诗意的内心意绪与富有质感的现实细节巧妙融合,形成了散而不乱、淡而不薄、实而不滞的独特风格。与许多作家书写故乡的立场态度迥异,谢伦在回望故乡时选择了一种中间立场——既不做乡村的批判者,也不做乡村的"吹鼓手"。他将自己定位为乡村与城市之间的一个"往返者",因此在审视乡村时拥有多维视野,既体贴、包容,又冷静、超拔。他对故乡的挚爱与痛楚,对故乡的反思与希冀,绝不以浮华文字简单言之或轻佻言之。他将审美的触须深深扎入大地之中,从来没有固化自己,而是一直努力做一个真诚的记录者。正因为如此,谢伦关于故乡的书写在某种程度上突破了习见的城乡二元对立模式,更加接近于生活本来与生命本相,为当代散文创作打开了新的审美空间。

对于谢伦而言,故乡不仅是中国社会发展的一面镜子,也是其个人的精神原乡。他记录童年故事,"梦幻般的童年生活,它如此美丽,就像院子里的花朵、门前的堰塘、飘落的树叶、夜半狗叫,或者呼喊……还有什么能在心底留下些许的印记呢?只有风,不曾停息"(《一些被风吹过的事物》)。他为失去的"美丽"而惆怅,笔端萦绕着淡淡的苦涩,难能可贵的是,他捕捉到了苦中的回甘,因而在美学上更为丰富蕴藉。他耐心细致地书写《乡之味》,那些香椿、榆钱、野韭、草紫、菱角、莲蓬、螃蟹、泥鳅、红薯、萝卜、白菜和头面馍、烙馍、米汤煮锅巴稀饭，不过是寻常物什，可是承载着童心童趣，经由时光锤炼而凝结为百般人生况味。"这么说来，记忆的滋味其实也就是一切事物废墟上的回忆，是一种窖藏在岁月深处的，顽固而久远的——家乡的滋味！"故乡一直处在"变革"中，可社会"变革"给个体带来的心灵体验是复杂的，并非全是欣悦，亦有疼痛和迷茫。"那一天，还有后来那么多的日子，都成了恍惚的时光碎片，如瓦砾，锋利，坚硬，扎在我的生活里，遍地疼痛。"（《火车开往哪里去》）"它成了一个巨大的诱惑，我们心中永远的疑问。"生命正是在探求一个又一个"疑问"的过程中变得更加丰盈，更有价值。对谢伦而言，"故乡是我生命的底色，只有在不断的回望中我的内心才会安宁"，因为回望"使我有了做人的警醒、敬畏，有了去感悟人生艰难和悲凉的力量"（《一些被风吹过的事物·自序》）。通过回望大地，回望童年，回望生命的过往，他重建了自己的精神栖息地与时代的关系，在悲天悯人中获得了不绝如缕的生命能量。谢伦选择的叙述角度是微小的、私人化的，但通达的方向又是极高、极远的，实现了个人化记录与普遍生存的对话，因而总能引起诸多共鸣。

谢伦始终将目光聚焦于大地，在泥土的芬芳中探寻日常生活的真谛，咀嚼天地大道，品味人间诗意。"一颗麦子的生长是一个故事，一个瓜果的成熟是一个故事，一片豌豆秧从结蕾到花开是一片花的故事，这些故事里有时光，有土地，有人情……"（《大地笔记》）他深深领悟到"活人的道理不会待在书本上，它也规避着各种夸夸其谈，却长存于天地之间"。因此，他深情地礼赞大地，也饱含怜悯地为大地之子塑像："你也会看到一个农人把两脚踩扎在土地里的坚实的力量。那就是承载整个社会重压的力量吧！……他们像虫蚁一样贴地行走，护佑着一份做人的本分，并保持着尊严……"（《大地笔记》）看似卑贱者其实最高贵，因为他们由大地孕育而出，始终不失本色。他在《一场花事一场梦》中回忆自己青年时代获得的关于信仰的领悟："人间好花，都是开在人心里的。"在《4月3日》一文中，他记录回乡后与亲人坐在小院里晒太阳、喝茶、说往事："太阳若梦，往事若梦，我若梦。"他希望从俗世里超拔出来，"能诸事从容的人，不要说滋味，禅味也有了"。坐在妹妹家的阳台上，看松风留影，满地清辉，"想这清贫中的富有，城里人是可望而不可即"，进而联想到丰子恺的漫画：人散后，一钩新月天如水。这就是谢伦的风格，于不经意间勾画出阔远的境界，将读者的心灵引向生活的更高远处。而这一切热爱，又是基于他始终清醒的内省："……我每过一天，都在向墓地接近一步，向我在地下的父母亲靠近一步。而唯一能做的，就是把每一天都当作最后一天，哪怕这一天是一服中草药，也要细嚼慢品，品出它极苦之后的甘味来。"（《让灵魂做伴》）生活的况味与生命的奥义，都隐藏在这淡远的文字之间，让人久久回味。

除了这些抒情文字，谢伦还有相当一部分散文是书写家乡人物行状的，如《我的村庄》中的做豆腐的阎老西、瓜老板纪盛奎、打油佬儿孙为民、养猪的党三炮、铁匠孙五；《面孔》中的宣传队人物，还有乡村奇人贾和尚、瞎姑、仇有志，等等。他以白描的方式刻画人物，常常是寥寥几笔，既传奇又传神，深得中国古代传奇和笔记的神韵，文字间充满了对芸芸众生的体贴与怜悯。谢伦默默用心为乡间平凡的小人物立传，因为从他们身上可以窥见鲜活而躁动的乡村,窥见丰富而厚重的中国。

我们常说,一个人的生命气质会决定他的写作姿态和美学面貌。古人说的"文如其人",也是这个意思。与谢伦熟悉之后,会更加深信,这样的散文就是应该由这样的"乡村之子"来写作的。是啊,他是那么敏感而独立,自信而谦和,真诚而淡泊。他曾说:"争取不人云亦云,不赶潮儿,不被'我们'淹没掉。"(《让灵魂做伴》)他的童年往事,他的亲人故旧,他的故土风物,无不经过了生命内里的冶炼,最终成为"他的"乡村与中国。像这样入乎其中而又出乎其外的写作,怎么会隐入尘烟呢?

2022/8/1

走向大视野与大境界
——谈朱朝敏的创作

朱朝敏是一位有阅读难度与评论难度的作家。她通过二十多年的文学创作,已经建立起了自己的文学世界。这个文学世界具有可辨识度,当然也有混沌、暧昧、缠绕、庞杂之处。我这样说并非否定她的创作,而是说她的这个状态恰恰是值得评论界去研究的。她的成就毫无疑问,有目共睹。她的散文创作在全国有较大影响,小说创作这几年势头也非常好,经常被转载、获奖。

我想从两个方面谈谈对她的作品的一些看法。

首先对她的几种体裁的创作谈点总印象。她的作品特别多,我是断断续续阅读,只是一些碎片化的感受,还没有深入梳理。

朱朝敏是从她的原乡百里洲出发,深入开掘个体生命经验,在与现实的对话中展开对疼痛、疾病、生死等的书写,关注人之存在困境,关注人的尊严,追问生命的意义。她优美、细腻、带点清冷的叙述之中,隐含着强烈的生命意识,生命意识是她创作中一个很重要的特点。所谓生命意识,就是人生活在世界上,对生命源泉、生存价值和死后去向等生命问题,寻求一定的解释或者心理的慰藉。

正因为鲜明的生命意识灌注在朱朝敏的创作中,才使她呈现出相对清晰的写作面貌。她试图建构一种生命哲学,从她的作品

（尤其是散文和小说）中可以发现，她受存在主义哲学影响是比较深的，同时还受到现代生命哲学的影响。她对人性之恶、对存在的荒诞、对生命的虚无，都有自己的思考和表达。

朱朝敏的散文已经风格化，也建立了一种写作难度。评论家蔚蓝教授在《在变化中接续个性化的文学表达——朱朝敏文学书写扫览与阐析》中有精辟的分析："朱朝敏的散文相异于那些常见的浅吟低唱风花雪月的抒情文本，也不是快速勾勒出的人物场景素描。她具备触摸历史与现实生活的敏锐，有细致的审美感觉，也有很理性的人文思考，以及对文体进行探索的兴趣，这些成为她在散文中构建表达语境与陈述大地天空人情世故的沛然底气。因此，她的散文既有长度也体现出厚度，像《我下雪……每天我都道永别》《行无嗔》《大水天上来》都是上万字的篇幅，内容繁复厚重，有饱满的思想内核，注重细节和内心感受的描摹，并且将内心和外部世界勾连起来，将社会现状与人情世故摄入笔端，透入肌理地去剖析人心人性。她的散文出自内心，又观照社会，是自省的，又是狂放的，执着于自我的立场，又有开放包容的视野。"这个评价比较准确，我完全赞同。

大家都知道，现在非常流行鸡汤散文、小女人散文，很多业余作者都是按这个路子去写的。从自己的生活，从自己的一般性生命感悟出发，很容易写，有市场，也有报刊发表。但是这种散文和我们所说的文学意义上的散文是有很大差距的。朱朝敏写的是一种"大散文"。一是有大的境界，二是有大的视野，三是有大的结构和叙述。大境界，即指她的创作不仅限于个体生命体验，更重要的是注重描述心理经验与社会生活的交织，向内开掘和向外延展，用"心"来熔铸这一切。大视野是指朱朝敏有着比较系统的西方文学阅读经验，对西方文化有较深入的了解。她能够在较开阔的视域中，把自己细小细微的生命感受置于古今中外文化大背景下来书写，呈现出不一样的文学审美质地。大的结构是指她的散文（特别是代表作）从篇幅上来看，都是上万字，构思新颖，恣意汪洋、意象绵密、情绪奔涌，显得大气磅礴。

文学的奥秘其实就在常与变之间。"常"是指既有写作经验。如果靠这些惯性经验去写，也会写得不错，会被大家认可，但是一直写下去就会有问题。如果你想成为一个卓尔不群的作家，那你就得不停求变，反固有模式，反既有经验。朱朝敏是有主体自觉意识的，她的代表作如《大水天上来》《山野黑暗路》等就在不断"变"。所以，这些文章放在整个中国的散文版图中来看，也是有特色的作品。

她的小说，从个人的美学趣味来讲，我不是太喜欢，但这并不意味着否认它们的价值。她的中篇小说《慈悲刀》，我在编选《湖北优秀文学作品选》时就收录了。作为一个评论者，我提醒自己应该警惕过于个人化的阅读趣味。她的叙事方式，给我带来不同寻常的感受，这是好的文学作品应有的素质。

为什么朱朝敏的小说会让我产生矛盾的心理？个中原因值得思考。作为一个成熟的作家，她应该建立自己的叙事方向和价值取向。"方向"是一盏灯，既照亮你自己的心灵，也照亮阅读者。当然，小说有各种写法，很难说孰高孰低，但是从阅读接受者的角度来讲，过于混沌和暧昧是不利于传播的。她这两年的小说，如《美人痣》《圣地亚哥在下雨》，叙事似乎变得清晰一些了。

朱朝敏刚刚出版的纪实文学《百里洲纪事》得到了很好的社会评价。这部关于精准扶贫的作品书写的不仅是扶贫故事，而且从心理角度切入，书写复杂的人性，从个体生命指向社会问题，指向历史发展中的种种隐疾。书写疾病和社会隐疾，这似乎是她近年开辟出来的新方向。

接下来，我想通过几组关键词来简单探讨一下朱朝敏的写作带给我们的启发：一是生命经验与地域文化，二是心理与现实，三是意象与悬念，四是诗与思，五是困境与可能。

第一点，生命经验与地域文化。朱朝敏善于将个体生命经验与楚地文化风情进行巧妙地融合。她有一段阐释个体生命经验与地域文化的文字，为解读其作品提供了线索："从虚空中来，又彻底回归虚处，谜底与谜面合一，它们的异常，在物质科技日新月异的今天终归无用无趣，但从理论角度来说，回答了尘世间的秘密。"她一直在挖掘个人的生命史、族群史以及相关的自然文化，这一点在散文集《黑狗曾来过》中尤为显著。她将目光集中于普通人，向内观照自己的成长经历，对于生命中特别留下痛感的痕迹，包括她所感觉到的周遭普通人的痛感，进行了深入的书写，开辟了属于自己的文学疆域。《山野黑暗》是一篇很奇特的散文，仿佛生命的呓语，弥漫着虚无感。这是朱朝敏的生命之诗，她不仅是在追溯往事，更是在认知生命，在探寻人世的诸多谜底与谜面。百里洲、楚地，她生于斯长于斯，入乎其内出乎其外，以自己的文字完成对这片土地的命名和确证。专注于个体生命体验的感悟，很容易流于小、轻、媚、甜、俗的流行化写作，朱朝敏能够超拔出来，很重要的一点是因为她带着一种批判性的眼光在审视自己、审视生活，保持着独立思考。这种思考既有价值层面的，也有艺术表达层面的，所以才形成了她的具有可辨识度的文本。

第二点，心理与现实。朱朝敏曾在一个访谈中谈到，向内的审视与风花雪月没有太多关系，她是心理现场刻度的思考，是生命与生活决定这种思考永远没有一个清晰的答案。她认为作家应该充满悲悯，散文写作是一种"掏心"活动。像《黑狗曾经来过》《圣地亚哥在下雨》《百里洲纪事》都是从心理学视角切入的，充满了对人的关怀与怜悯。作为二级心理咨询师，她本能地选择了这样一个专业背景的视角来建构文本世界。当下写脱贫攻坚的作品特别多，她的《百里洲纪事》从心理学的角度进入，关注人们的精神世界，关注社会边缘的贫困人群的心理，由此辐射开去，书写这个时代的重大历史事件。她写了12个扶贫故事，其实是讲述12个心理故事，呈现了人物的性格成长史和生命史。这样的书写具有历史感，而不仅是拘泥于对现实表象的概括。她深入刻画了当代中国农民的形象："从不同角度刻画的，这些具有双重性，一方面能够引起疗救的注意，另外一方面，他们还具有疗救的，疗救当代病。这些被救助者，精神弱者，他们有爱，有尊严，他们就一面镜子，映照着我们的生存，他们并不屈服于命运，这才是人类生生不息的力量之源。"《百里洲纪事》中的《我们想要虞美人》写得非常棒，文章中的覃如玉——标题和主人公的名字都具有象征性。她坚信儿子还活着，就是不愿意接受低保，一个母亲的爱，一个女人的尊严，在平静的叙事中凝聚着核弹般的冲击力。这是朱朝敏的文字带给我们的力量，也是文学的力量。

第三点，意象与悬念。这是她书写的技巧。朱朝敏作品中有许多意象，譬如孤岛、黑狗、长吻鮠、羊子等。对于反复出现的孤岛意象，评论家李鲁平曾有研究。他认为：孤岛书写的独特性，是源自梦境书写的独特性。他概括为以下几个方面：一是个人成长的心灵史式书写，二是家族史和百里洲民间生活史书写，三是孤岛风情的讲述。我补充一点，她还有一种很强的寓言式书写。每一个创作者都会有这样的感受，写着写着就写熟了，怎么办？朱朝敏不封闭自己，不断挑战着自己。像《循环之水》就是带有寓言式的书写，尤其是开头，大气磅礴又缠绵婉转。既描绘了完整的孤岛形象画卷，又展开了关于生命与死亡意义的思考。这是湖北省作协推出的重点项目《家乡书》中的一部，似乎被忽略了，有点遗憾。她笔下的黑狗、羊子、辣椒、美人痣……都成为意义的凝聚，成为情感情绪的凝聚。意象的展开在文本中建立起层次，也构成虚实张力。她近年的小说更注重可读性，精心设置悬念。如《美人痣》，埋藏得那么深的巨大心机，作家剥茧抽丝，一点一点揭开，体现了叙事才华。还有《长吻鲍》中的双线叙事，非常巧妙，具有阅读快感。

第四点，诗与思。这是她的美学追求，强烈的思辨性与诗性色彩。她的思考在作品中如涌动的波浪，给读者带来理性的冲击。我猜测，朱朝敏阅读了不少弗吉尼亚·伍尔夫、西蒙娜·德·波伏娃等作家的作品，从字里行间可以看到她们的影子，这在湖北女性作家中是不多见的。

第五点，聊一聊朱朝敏未来创作的可能性。先讲一个故事：慧海去见马祖，曰："来求佛法。"马祖说："我这里一物也无，求什么佛法？自家宝藏不顾，抛家散走作么？"慧海问："阿那个是慧海宝藏？"马祖说："即今问我者，是汝宝藏。一切俱足，更无欠少，使用自在，何假外求？"那么朱朝敏"宝藏"是什么？

她曾说，"越来越广阔的内心世界"是她写作的核心，反复表达生命的"虚无"。在《楠声》的结尾中她这样写道:"孤岛的本质是孤。在此之上的叙述本质仍旧是幽暗。……"难道写作的本质就是虚无、幽暗?

21世纪以来,纯文学创作有一个很重要的特点,就是回到个体、回到内心,更多向内聚焦。这隐含着一个文化背景,就是提倡眼光向外——学习西方文学,尤其是现代主义、后现代主义。显然,朱朝敏深受这种潮流的影响,像存在主义对她影响很深,她的写作姿态也基本是向内的。当然,后来出现了一些变化。西方文学经验如何消化吸收,譬如关于生命意识的表达,这是一个值得深思的问题。

关于生命意识的表达,在中国文学中也有深厚传统。譬如屈原,他的坎坷遭遇、生命痛感,在他的文字中有丰富的表达。屈原生命意识中最高的价值是什么?以义为命。这不仅铸就了他的政治理想,也铸就了他的人格。屈原将个体生命经验、家国情怀与理想救赎融为一体,实现个体生命和家国命运的同构,铸就了伟大的《离骚》等华章。还有杜甫,何尝不是如此?

对于朱朝敏而言,《百里洲纪事》也许是一个新标志。相信她会找到自己的"宝藏"。从个体生命的微澜抵达时代的汪洋,在更广阔的视域中诠释生命意识,建构属于自己的生命哲学。

她在博客中曾这样说:"作为写者,心灵从内到外敞开,并提供光芒,何尝是简单的事情。"显然,她懂得自己。她具备足够的才情,值得我们充满期待!

根据录音整理

2020/12

左手快刀,右手甘露
——漫说何英

一

最早记住何英的名字是因为《文学报》。当时陈歆耕主政《文学报》,大刀阔斧改革版面,《新批评》专版横空出世,与《文学自由谈》遥相呼应,集束式推出"批评"文章,聚焦文坛大腕进行"问诊""挑刺",一时声势壮阔。《新批评》一改学院体论文温暾暧昧的风格,似乎又比《文学自由谈》更重学理性,往往直指问题,态度鲜明,言辞犀利,一针见血,不留情面。一时间文坛风声鹤唳,有些作家谈《新批评》而色变,不知道达摩克利斯之剑哪天会落到自己的头顶。那几年间,《新批评》会聚了一批颇有锋芒的批评家,如李建军、李美皆、牛学智、杨光祖、石华鹏、唐小林等,何英就是其中引人注目的一位。她批评莫言、贾平凹、马原的新作,立足文本,角度刁钻,分析精当,刀刀见血,虽然偶尔也剑走偏锋,但是读来痛快淋漓。尤其是《〈带灯〉面面观》,给我留下深刻印象。她说:"一部作品不能因为它内容上的道德优势而免于艺术上的被弹劾。""《带灯》的句子,动词一个追一个,话赶话快捷无比,从细部看,它一点也不慢,动词的推进力度使人以为要发生大事情了,但结果没有。小说的结构方式就是不搭架子地混沌一块地往前推,整个看起来就像一个千足虫在行动:无数个小细腿代表那些了不起的动词和动作,它们多且眼花缭乱地在动着,而整个沉重的肉身却并不得益于这些细小的腿。"这个生动形象的比喻一下子抓住了贾平凹创作的症结所在——形式的丰富灵动难以负载思想的贫弱苍白。恰好我也写了篇批评《带灯》的文章,在《中国艺术报》刊发后引起一些小波折,所以看了何英的评论顿时引为知音。此后,开始更加关注她的文章。

我当时负责一本评论杂志《文艺新观察》的编辑工作,其中有个栏目叫"新批评家",每期集中推介一位文坛上比较活跃的、具有个性的青年评论家。在集中阅读了何英的一些文章后,决定做一期她的专辑。我发现了一个颇为有趣的现象,很多评论界同行都在拿何英的容貌说事儿。譬如,黄山说,像何英这样"貌美如花,吐气如兰"(《致著名文学评论家何英》);杨光祖说,"尤其那双眼睛,富于西域风情,顾盼生辉"(《内藏刀锋的美女批评家》)。于是我将这些文章转给编辑部的一位同事看,她也乐了,说:"文学期刊不是都在包装美女作家吗?咱们从她开始,也包装几个美女批评家!"于是,我约了一组稿件。不久,陈歆耕将文章发来,果然也是满纸流光溢彩:"一看照片,就特纳闷:有着如此一副漂亮脸蛋的美人坯子,为何不到影视圈去当女一号,去当'英格丽·褒曼'或'莎朗·斯通',而要在一张书桌前,敲打键盘,寂寞空对窗外月?何英的那张脸蛋,似乎融合了维汉两种血统,既有江南才女'柳如是'的柔媚,又有北疆维吾尔族'达坂城的姑娘'那种健朗。再看书中的文字,又让我诧异：既才情横溢，又犀利入骨。不由得让我想起金庸小说《天龙八部》里的那些女侠，个个天生丽质，同时又武功盖世，飞檐走壁，衣袂飘拂，让天下所有男人都爱惧交加。"（《美人如玉剑如虹》）放下文章，打开何英发来的"玉照"，不由得为陈歆耕"爱惧交加"的感叹而莞尔。我终没有按"美女批评家"的套路去编辑这期专题，因为在我看来，我们选择推介何英还是基于她作为一个新锐批评家的实绩，而不是她的"明星"外貌。不过，我依稀感觉到了何英在圈内的好人缘——大家都乐意不吝以华词丽句夸赞她，甚至宠护她。

2015年初夏，我去乌鲁木齐公干。我给何英发了个信息，说到了你的地盘给你打声招呼。我如约到宾馆大厅去候她，只见一位高挑苗条的女人婷婷袅袅走来，气场显得与众不同，果然就是她。她那天略施粉黛，显得清丽优雅，并没有照片上那样光艳逼人，只是眼波的偶尔一轮中显出一丝野性。我也明白了，如果没有这丝野性，她笔下怎么会有那凌厉的锋芒？那次见面聊天的内容早就忘记了，但是她对朋友的真挚情谊让我一直铭记在心。

后来与何英的交往多了起来，发现她还是个颇为勤奋上进的人。有一阵子，她为报考中国社科院的博士，闭门在家学习英语。偶尔在微信上聊几句，她一边为记单词而呕吐，一边依然乐此不疲。2016年春天，我参与创办《长江文艺评论》，想发一点"敢批评，真批评"的文章，可是约来的稿子温暾得都觉不太理想。虽然知道她当时正被复习备考折磨得焦头烂额，还是试着给她打了个电话。没料到，她满口答应，很快按要求发来一篇质量不错的"批评"文章。于是我知道了，何英是一个能够雪中送炭的朋友。混迹文坛时间久了，对于许多人情世故看得越来越清晰。有的人见面点头握手、称兄道弟，但是他内心里门儿清——对于我们这类非"核心"刊物，除了偶尔发来一篇人情应酬文章或者学生习作"请兄赐教"，如遇选题策划需他支持基本就是妄想，更别说关键时刻拔刀相助了。这也就越发映衬出何英的侠义与可爱！

回忆与何英交往的点滴，发现在文坛一干朋友中，她确实是一个非同一般的存在。

二

当前文学评论界基本由三路人马构成：一路是学院派评论家，主要是从事当代文学、文艺学教学与研究的学者，社科院系统的学者也可归于其中，这是骨干力量；一路是文联、作协系统的评论家，这一拨曾经兵强马壮、声势浩大，但是随着文联、作协公务员化之后，力量开始逐渐式微；还有一路是媒体编辑记者和自由撰稿人，他们更倾向于社会化写作。何英长期在文联工作，年轻时当过编辑，后来专职做文学研究。她进入文学批评领域的时候，已经不是文联、作协批评家叱咤风云的"黄金时代"了，但是，她的心态非常好，"年纪轻轻无所事事不太好，还是要确立一件东西，说是目标也好，理想也好，总之有所追求，时间过起来才快，活着才不仅仅是活着，还要是存在……回想这么些年，自己一直有想飞的冲动，当然到底没飞起来，或者飞多高，但时间打发了，活得蛮充实"。于她而言，从事文学批评让人生变得充实，也是确认自我存在的一种方式。正是有着这样的初心，面对所有的批评对象，她才始终保持着严肃认真、真实坦诚、平等对话的态度。经年累月一路写过来，她引起了评论界的关注，也积累起了自己的批评声誉。

何英的文学批评是从研究新疆本土作家起步的。她的第一本评论集就叫《呈现新疆》，评介的全是新疆作家，如周涛、刘亮程、赵光鸣、董立勃、红柯、王刚、沈苇、北野、韩子勇、王伶、王族、李娟等。许多评论家不愿意写身边作家的评论，表扬的文章还好写，恭维对错都不伤人，批评的话则难把握分寸——作家都是极其敏感自尊的人，抬头不见低头见，弄不好就伤了和气，严重的甚至会反目成仇。但是何英似乎没有这些顾虑，大作家、小作家她都评论，优秀的作品她不吝赞美，有问题的她直言不讳。似乎也没听说什么作家诟病她，我想主要原因还是因为她的坦诚和认真。因为身在文联，她的不少评论文章都和工作有关，但是，她总能将"工作总结"写出学术深度。如《新疆当代文学生态扫描》通过回首新中国成立五十多年的历程，辨析新疆文学的脉络和走向，对新疆文学的成功经验进行总结，"以自己的姿态和声音，表达文学在偏远省份的力度和形象，西部酷烈风貌的状写，住居新疆的生命体验，渺小边缘的爱与尊严，新疆文学正是融入了地域人文的博大和丰富，才使生命的汁液于洪荒大地上留下刻度，绵延的激情也正是注入了冰川雪水的清冽和瀚海沙漠的风暴，才能够于猝不及防处显现它的力量，这就是新疆文学的质地"，诗一般的语言极具概括性，生动形象地总结出了新疆文学的特色，颇见功力。《当代新疆小说的叙事困境》结合具体的文本，从四个方面对新疆小说创作中带有普遍性的问题进行深入剖析，既见学术洞察力，也见她的批评勇气。何英的新疆文学批评视域开阔，入乎其内而出乎其外，她的标准从来就不只是地域性的标准，因此这些关于地域文学的批评也就有了更普遍的参考价值。这些评论文章对她而言是牛刀初试，但已经显示了她擅长文本细读的特点，对于批评语言诗性风格的追求也初现端倪。

何英引起较大反响的还是关于当代著名作家的一系列批评文章，这些评论立足文本，有理有据，而且颇具机锋。她批评莫言"模糊价值召唤"，"从莫言的小说中完全看不到更高层次的人类社会应建立在某种希冀之上的召唤，而是低层次低循环地反身民间寻求一种价值。有时候给予其农民身份及视野，甚至还召唤出对某种拥有生命强力的个人人格的迷信和膜拜"（《莫言小说：感觉之外皆游戏》）。如果没有对作家的整体阅读和深入研究，是不可能像这样高屋建瓴、一针见血挑明其创作中存在的根本性问题的。大家都知道，批评名家是存在风险的。一方面，批评者可能会受到来自批评对象的某些压力；另一方面，也容易被吃瓜群众误以为想"以酷评搏出位"而遭轻视。关于为什么要批评名家，何英在《而知也无涯》中有过一番夫子自道："我对他们没有恶意，甚至还颇为欣赏，我感兴趣的人我才费心费力地不惜动用透支我跟魔鬼梅菲斯特签约祈求来的那点力量，借用他们的作品追求我所谓的诗意的灵见。"我觉得她这番话说得非常坦诚，因为真要给一个作家"挑刺"，其实是非常耗费精力的，不仅要反复阅读其作品，还得反复斟酌行文。对一个作家的严肃批评背后，恰恰隐含着一个专业读者恨铁不成钢的真诚"爱意"——不知道作家们懂不懂得珍视？

何英还写有一些关于文学思潮、文学现象研究的文章。《当代文学的十个词组》就是具有代表性的一篇，以关键词的形式对当代文学病象进行剖析，行文虽然是随笔方式，但是不乏理论的穿透性。这篇文章发表在十年前，但像"空虚时代""道德正确""追新至死"等内容，至今读来仍给人启发。《理论的过剩与叙事的消融》敏锐触及创作中存在的一个普遍而深层次的问题——作家失去做宏大叙事的扎实和诚实态度，为了追求创新，常常为最新的理论所暗示甚至为之做注脚，从而导致叙事消融甚至瓦解。《批评的"八股"与"八卦"》则较系统地提出了她的批评观。何英认为"好批评"应该不惧怕理论、不拒绝神采，还要有问题意识与思想性。这些文章显示了她作为一位批评家良好的理论素养和对于复杂文学现象的辨识、提炼与整合能力。

前年，作家出版社出过一套"剜烂苹果·新锐批评文丛"，收入了何英的《批评的"纯真之眼"》。与入选的其他以"酷评"闻名的部分批评家不同，何英的文章在总体上其实显得温和。尽管一些评论杂志试图强化她"高擎快刀、挥斥方遒"的形象，其实更多时候她还是像那集野性与温柔于一身的达坂城的"美丽姑娘"，睁着一双"纯真之眼"，尽情抛洒着思想的甘露，给予写作者的满是温暖与鼓励。

三

文坛上经常听到这样的调侃，评论家因为不会写小说、散文，所以只好去写评论。这其实是想当然的一种偏见。就说小说创作，老一辈评论家李陀、於可训以及中青年学人阎真、马步升、李洁非、阿袁、李云雷、徐兆寿、房伟、李德南、项静等人的作品都引起了广泛关注；前辈学者季羡林、金克木、张中行等人的散文随笔风行一时，文学史家、文学评论家雷达、陈平原、丁帆、南帆、李敬泽、费振中等人出手不凡，多有散文佳作；至于诗歌创作方面，评论家陈超、耿占春、臧棣、西渡等人都是因诗歌创作成就突出而被誉为"学者诗人"；熊培云、梁鸿、杨庆祥、黄灯以及刘禾等学者的"非虚构"写作，更是成为近年引人瞩目的文学现象。作为评论家的何英也是能够左右开弓，一手散文写得相当漂亮。

散文随笔集《阁楼上的疯女人》集中呈现了她的创作才华。在这些作品中，何英完全换了一副笔墨，将理性思辨与诗性表达完美熔于一炉，文字间充盈着睿智的光芒和生命的质感。她书写历史上那些美女加才女蔡文姬、李清照、萧红、张爱玲的故事，体贴中满含怜悯之情；她解读《红楼梦》中那些红颜薄命的女性，悲悯情怀中融入了女性之间特有的心灵感应和情感共鸣；她描写芨芨草、芦苇、垂柳、野胡杨，行文不拘俗套，文字灵动优美，洋溢着丰沛的生命激情，而且处处可见对于生活的洞见与挚爱。

《阁楼上的疯女人》是一篇具有学术色彩的随笔，堪称她的散文代表作。"阁楼上的疯女人"这个形象出自《简·爱》，指的是罗切斯特的妻子，后来成为具有象征性的文化符号。何英通过讲述罗丹的情人克洛代尔、布莱希特的情人露特·贝尔劳以及毕加索的情人玛丽·特蕾莎和朵拉玛尔的故事，刻画了孤立、缄默的"疯女人"形象，揭示了其长期处在被压抑和遮蔽的状态。她尖锐地指出，造成压抑和遮蔽的根源在于制度："罗丹、布莱希特、毕加索是人类婚姻制度的破坏者，但他们并不反对它，甚至维护它，男人向来是制度的动物，他们乐于遵守某种制度，更何况他们是这制度的受益者。克洛代尔、露特、朵拉玛尔们就成了挑战者,男人们都成就了不朽的事业,女人们疯了,这是因为他们从一开始各自的设定就不同,结果自然不同。"不仅如此,作为权力象征的两性文化也是制造"疯女人"的"同谋者":"两性的角逐即使在爱情中也是有其文化规定性,在以男性文化为主体的人类社会里,知识即权力,权力远远大于或基本对等的男女胜负比率,其实是一望而知的。即使现在状况也依然如此,女性往往过于迷信身体的诱惑力,女人在文化上不占优势,一切话语都将不利于她,假如她恰好又占了一个不道德的位置,所得的一切似乎都是应该,男权社会的法律不保障她的权益,道德更是鄙视她的存在,她成为阁楼上的疯女人成了必然结果。"何英在这篇文章中完全剔除了爱情的浪漫幻象,以冷峻的目光审视历史人物,表达了一位女性基于自我身份的深刻自省。

何英近年似乎很少写散文了,实在殊为可惜。于她而言,才、学、识、情兼具,又有一支锦笔,完全可以写出更多像红楼人物系列那样独具慧眼、至情至性的美文来。

四

为了写这篇"漫说",我花了差不多一个月的时间,将何英的代表性作品翻阅了一遍。她的许多观点一次又一次引发我的共鸣,忍不住要做一次文抄公,在此摘录几段:

她说:"我并不一定能研究出什么来,这太难了,但我愿意不断给自己出难题,挑战自己的意志、智力和耐心。人这一辈子如果没事做,实在是太漫长了,如果有事做,又嫌太短了,我想取中庸的态度，做自己想做、能够做好的事情。"有的人在文坛上混了一辈子，依然没搞明白自己到底要做什么，又能做什么。何英的中庸之道，正是理性认识自我之后的积极务实之道。

她说："我想搞文学的人，还是有适当的姜太公精神，这种精神正是你的象征资本，要是你首先把你的这点象征意义到处出卖、交换，人们又凭什么再相信你的言说，你的言说又价值何在？""象征资本"说的正是文学本质上的超功利性，文学批评其实亦然，背离此道即是走向了歧途。

她说："只要你爱智求真，努力了、认真对待了，就不要怕发表自己的观点，哪怕你是一个来自偏远地方的评论者，哪怕在那些名气比天大的人面前，不要畏葸不前，只要你真理在握。"一些评论家依附作家的情形早已见怪不怪，除了能力的欠缺，自然还有利益的共谋。君子坦荡荡，爱智求真，夫有何惧？

……

记得孟子说过一句话："学问之道，求其放心。"做学问如此，做批评、搞创作何尝不是如此呢？

何英能在尖锐而柔软的文字中自由地安放自己的心灵，何其幸哉！

2019/10/7

在传统与现代的夹缝中

贾平凹无疑是中国当代最勤奋、最高产的作家之一。最近,他又推出了皇皇五十万字的长篇新作《山本》。这部小说以陆菊人与涡镇枭雄井宗秀的情感纠葛为主线,书写秦岭地区20世纪二三十年代各种势力之间的惨烈争斗,表达了作家对于历史和人性的深沉忧思。

这是一部弥漫着令人窒息的死亡气息的小说。熟悉当代文学的人都知道,余华的《一九八六》《现实一种》《古典爱情》和莫言的《檀香刑》,都是极致化死亡书写的范本,张扬暴力美学,揭示残酷人性,让人在触目惊心的感官刺激中体验异样审美快感。而贾平凹对死亡的描写却与他们大相径庭,他既不渲染死亡场面,也不追索死亡原因,任由那些人物如露珠般蒸发、如草叶般凋零,全部静静归于苍莽的大山。达官贵人也好,草民土匪也罢,每个人的死亡都突如其来,而且死得毫无意义。也许,这就是死亡的本相。但是,这种猝不及防爆发、铺天盖地而来的死亡着实让人感到恐惧和厌恶。在恐惧和厌恶的潮水中,忠诚与背叛、残忍与慈悲、丑陋与美好却像礁石一样凸显了出来。读到小说的结尾处会发现,经历了血雨腥风之后,一切欲望、贪婪和丑恶都已随风飘散,留下的唯有爱。爱的光芒从那淡定的文字间散发出来,穿透了秦岭上空的层层云霾,穿越了时间的滔滔长河,普照着高山峡谷中的花草树木、芸芸众生。在这部小说里，贾平凹不仅抑制了狂欢化叙事的冲动，而且拒绝了暴力美学的诱惑，在终极层面观照回到自然人状态的生存本相，为探究人性的秘密打开了新的罅隙，也对历史的某些玄机做出了自己的解读。

小说中的几个主要人物都给人留下较深刻的印象，他们不仅在贾平凹自己的小说人物谱系中显出新意，即便放在当代文学人物画廊中来看，也有可圈可点之处。

陆菊人是小说的中心人物，也是涡镇历史的创造者和见证者。她生性善良，精明强干，渴望出人头地，又满怀仁爱之心。正是因为她的藏有"龙脉"的三分胭脂地，才激发了井宗秀争当枭雄的欲望，也引发了涡镇的剧烈动荡。从表面来看，她爱着井宗秀，竭力辅助他走向辉煌；从深层来看，井宗秀更像是她实现自己人生目标的工具。在她的身上，显然投射着儒家文化的影子。饶有意味的是，她唯一的儿子是个跛子。医生说，只有打断他的腿重新接骨，他才有可能恢复正常。这似乎也隐喻了儒家文化在现实社会治理中的尴尬境遇。郎中陈先生医术高明，顺天安命，智慧通达，是道家文化的象征；宽展师父慈悲而隐忍，日夜吹奏着尺八，传递的是梵音佛理。他们一个是盲人，一个是哑巴，在时代的风雨飘摇中惊魂不定，根本无力对抗滚滚欲望……白县长是一个拥有政治地位却无法施展治理才能、苟且于乱世而矢志于学问的知识分子形象，这样的人物在当代文学中并不多见。在他的心目中，始终保有传统士人最后的精神支柱，那就是"文章乃经国之大业、不朽之盛事"，所以他忍辱负重、积累经年，写出了一部秦岭动植物志，保留了一个"无用"知识分子最后的尊严。

显而易见，贾平凹试图通过这些人物对中国传统文化进行一次系统清理。小说中多次写到井宗秀从胭脂地里挖出的一枚古镜，最后不知所踪。它隐喻了传统文化在欲望和暴力冲击下的溃败，似乎也宿命般地暗示了贾平凹以镜为鉴的价值参照的混沌与暧昧。当我们回望传统时，除了重复地弹奏一首迷惘的安魂曲，难道就不能再做点别的什么吗？

贾平凹曾经一再表示，他所写的这部书不是秦岭争斗史，而是一部秦岭志。所谓"山本"，既指大山乃生命之本，也寓意秦岭乃中华之本。他试图超越意识形态的桎梏而直抵生命本源，在追根逐本中辨析民族文化的基因，从而建构起一座精神的大厦。可是，他也面临着与白县长同样的困境，那就是如何超越自己所寄身的时代，摆脱影响的焦虑。鲁迅在《论"第三种人"》中说："恰如用自己的手拔着头发，要离开地球一样，他离不开，焦灼着……这确是一种苦境。"贾平凹也许是焦灼的吧？他亦有自知之明，所以在这部小说的后记中，他强调自己有"一颗脆弱的心"，永远"都在写自己"。可是，假如他真的变得坚强了、清晰了，假如他真的摆脱了脆弱和自恋，他还会是"这一个"贾平凹吗？白县长们的历史已经终结，可是贾平凹仍有机会"敞开"自己，书写新的自己。

2018/4/29

关于《回响》的 N 种读法

一个好作家,总有自己的"特异功能"。东西当然也有"特异功能",那就是对人的身体和心理保持着异乎寻常的敏感,总有出人意料的发现。他早期的一些小说,像《没有语言的生活》《目光愈拉愈长》《后悔录》等,关注人的身体、器官和特异心理,充满奇思妙想,用陈晓明的话说是"用身体穿越荒诞的历史现场",往往给人"脊背的震颤"。在长篇新作《回响》中,他将"特异功能"发挥到极致,借助对日常生活耐心而细致的书写,潜入人物灵魂深处,竭力勘探人性幽微,在交互"回响"中逼真地揭示出当代人内心潜藏的隐秘风暴以及令人惊诧的生存本相,将自己的小说创作推到了一个新境界。

鲁迅先生曾说过:"一部《红楼梦》,经学家看见《易》,道学家看见淫,才子看见缠绵,革命家看见排满,流言家看见宫闱秘事。"他强调的是主体对文本的发现,换言之,一个意蕴丰富的文本,同样可以供受众从不同视角进行解读。《回响》就是这样的文本,它在现实、历史、心理、文化等不同空间的"回响"中敞开了可供读者进入的多重路径。

聪明如东西者,当然首先要写一部好看小说。《回响》借用了侦探小说的模式,山重水复,剥茧抽丝,层层推理,直逼真相。小说分奇数章、偶数章交叉叙事,奇数章讲述警察冉咚咚与同事侦破

"小三"夏冰清被杀案,偶数章讲述她追查丈夫慕达夫的开房真相和出轨证据。到了最后一章,两条叙事线索合而为一,揭开谜底。在奇数章中,冉咚咚从夏冰清的情人徐山川入手,顺藤摸瓜,相继挖出徐海涛、吴文超、刘青等中间人,最后揪出杀人凶手易春阳。案子中所有人的行为都具有强烈的现实感,可又并不指向社会现实,只是被偶然因素(心理因素)牵引着走向一个共同的荒诞结局。在偶数章中,冉咚咚通过调查、审问、回忆等方式查找丈夫"出轨"真相,结果发现他"不爱"自己,遂决定与他离婚。其实,"出轨者"不是慕达夫,而是冉咚咚自己——她的"本我"爱上了年轻男同事,潜意识里刻意要寻找丈夫的过错作为离婚理由。她没有找到"超我"所需的真相,倒是在这个过程中一点点逼近了自己的内心真实和生存本相。在小说的结尾处,两桩"案子"看似告破,可凶杀案的凶手(患有间歇性精神病)无法得到法律惩罚,"出轨案"的主角(慕达夫始终无法被确认出轨,能够被确认的倒是冉咚咚自己)也无法受到道德谴责,"侦破"变得毫无意义,伸张正义成为虚妄……两个看似通俗的故事显然没有按照类型小说的套路来演绎,因为东西所关注的并不是案件本身,他只不过是借助"侦破"一点一点凿破各色人物的心灵铠甲,深入其隐秘幽深的心理史、情感史与生活史内部去细致探究人性的秘密。具有技术含量的叙事裸呈出丰富的生命感受、生活肌理与日常气息,使得这部煞有介事的侦探小说最终变成了一部反侦探小说,在人性拷问中带给我们新鲜而丰盈的经验与启悟。

东西说,他在写作这部小说前花费了大量时间和精力研究心理学,力图让小说体现出专业性。功夫不负有心人,《回响》对于对当代人心理疾病的揭示,尤其是对变态心理的表现,真实、深入而专业,让人触目惊心。毫无疑问,这是一部优秀的心理小说。刑警冉咚咚患有严重的心理疾病,她生活在焦虑中,对所有人缺乏信任,对一切事物充满怀疑。她的焦虑首先来自所从事的刑侦职业,她以为"我每天都在和魔鬼打交道,心里必须养着一个魔鬼,我养着它是为了揣摩它,我揣摩它还能控制它",事实上"凶手的黑暗心理和残忍手段侵入了她",她不仅不信任犯罪嫌疑人、丈夫、同事、熟人,甚至不信任自己。她的性格变得偏执,对于犯罪的痛恨也情不自禁转移——由犯罪嫌疑人转移到丈夫身上,从而引发生活和婚姻矛盾,进一步加重心理压力。她的焦虑还源自童年阴影。父亲出轨邻居阿姨,她从小害怕父母离婚,担心被抛弃,严重缺乏安全感和信任感,成年后稍有风吹草动,不安感就会加剧。东西紧贴着冉咚咚这个人物进行心理分析,深入刻画了一个有着心理创伤的职业女性的痛苦与挣扎。她隐藏了自己真实的心理层,通过否认、压抑、合理化、置换、投射、反向形成、过度补偿、抵消、认同、升华等方式启动自我防御机制,结果在幽暗中越坠越深。她看不到光亮,只能通过极端方式——割腕来探索别人、探索自己内心的黑暗到底有多黑。"质疑"与"相信"始终在她内心缠斗,使得她心理扭曲,一步步陷入生存异化境地。她凭空虚构出一个大学时代的恋人郑志多,这个根本不存在的人物折射了她对理想之爱的强烈渴求。其实,自我救赎并没有那么困难。莫医生说:"相信,你才会幸福!"当她从邵天伟那里得到旁证"看得出有人爱你,也许还不止一个人爱你"时,"她胸口的闷胀感顿时消失,每个细胞都像解放了似的,心情变得欢快喜悦"。当她意识到内心的"疚爱"时,丈夫的表白也变得真实可信了。东西对冉咚咚这个人物的心理活动轨迹把握得非常精准,通过她的故事再次确证一个简单道理：一个人必须内心有爱，他才会确信自己被爱，才会建立起对于世界的信任感。小说还聚焦自卑心理，对自卑人格的形成以及如何影响人物的命运进行了深入探讨。徐山川极度自卑，通过不断占有女人来获得自信。他对现实总是抱有简单的幻想，思维有时就像婴儿一样单纯。这个看似成功其实"不成熟"的男人，隐喻了一代人拒绝精神成长的幼稚与怯弱。吴文超自卑是因为身材矮小，刘青自卑是因为结巴，自卑导致心理异常、人格扭曲，他们最终都难免异化的命运。这部小说中的人物几乎都患有心理疾病，东西以略显夸张的方式将各种症候放大了，揭示出生存异化的心理根源。这些人物与生活在都市中的我们并非没有关联，他们其实就是我们心灵的一部分，在某种程度上，他们所呈现的正是我们内心的秘密和生存状态。

《回响》也可以作为"爱情婚姻指南"来阅读。东西关于爱情经历三个时期——口香糖期、鸡尾酒期、飞行模式期的精辟分析，不仅能深化读者对人物心理、性格的理解，也会激发他们对于爱情的本质、功能、意义展开思考。如弗洛姆所言，幸福稳定的婚姻有赖于成熟的爱，而成熟的爱需要尊重、包容、耐心和无私奉献。卜之兰通过爱刘青来爱另一个人，冉咚咚明明被丈夫感动却对他恶语相向，这都是不成熟的爱，注定千疮百孔。也许只有经历了"疚爱"，青涩、平淡的爱才能升华而臻于成熟。尽管小说对于"疚爱"的讨论浅尝辄止，但我们依然惊叹作家敏锐地发现了这样一种极端而普遍的情感状态。

《回响》不仅是一个好看的现实主义文本，东西还在其中装置了许多哲学思考。譬如，虚构与存在的关系问题。小说本来就是作家的虚构，可《回响》中的各色人物也在不断进行虚构。徐冰川在交代强奸案情时虚构与夏冰清一见钟情，贝贞言之凿凿说慕达夫在赞朵笔会上摸进她的房间求欢，冉咚咚虚构出子虚乌有的初恋情人郑志多，易春阳将两个真实人物合并虚构出谢浅草，慕达夫为了获得妻子的信任虚构"开房"故事……这些"虚构"从心理学角度来看是一种妄想，试图通过语言叙述的方式来解决现实困境。可是，这种叙事除了具有情感补偿作用之外，是否会建构出某种现实存在呢？冉咚咚和穆达夫的惶恐反应，其实已经说明了虚构对于现实的强大力量。东西借助"虚构"敏锐地提出一个问题：既然世界建构在叙述之上，那么，信任从何而来？何以确认存在的真实性？还有，小说通过剖析评论家穆达夫的心理，对"自由与逃离"问题也展开了思考……

这部小说还是一个互文性文本。东西巧妙引入文学经典《安娜·卡列尼娜》《红与黑》《红楼梦》和电影《泰坦尼克号》《爱》中的人物和情节，与小说文本构成互文性"回响"，试图创造一种多声部混响的美学效果。毫无疑问，这样的制作让文本变得更加丰满有趣。但是，东西在激荡这些经典"回响"时，对人物内部世界的兴趣远远超过了对外部世界的兴趣。一个显而易见的差异是，这些经典在向内部世界敞开的同时也向外部世界敞开，通向了纷纭变幻的现实生活，既精微深邃而又沉雄阔大，而《回响》视点向内，聚焦内心，纵然也幽深曲折、惊涛骇浪，但终是螺蛳壳里做道场，未免给人局促之感。就像小说开头的"大坑案"所隐喻的，东西给自己挖了一个美学的坑，他并不想跳出这个坑，所以这"回响"始终只在"大坑"里嗡嗡作响。

2021/8/21

"限制"叙事带来的审美张力

"讲述一个故事至少有五百万种方式。"小说家詹姆斯的说法固然有些夸张,却道出一个真理——小说就是讲述的艺术。能否找到最巧妙、最精彩的叙述故事的方式,是判断一个小说家水平高下的重要尺度之一。这既关乎小说的美学品质,也直接影响其传播效果。而要讲好故事,首先需要确定讲述者,然后就是处理叙事角度。正如勒伯克所言:"小说技巧中整个错综复杂的方法问题,我认为都要受到角度问题——叙述者所占位置对故事的关系问题——调节。"毋庸置疑,叙述视角是小说技巧的关键。

在福楼拜之前,西方小说几乎都是运用全知叙述视角,也就是"上帝视角"来讲述故事。据说福楼拜第一个使用限制叙事技巧,与《荷马史诗》开启的全知叙事传统迥异,给读者带来全新的审美冲击,所以他被誉为现代小说鼻祖。所谓限制,指的是对叙事者视角的限制。在现实主义大师巴尔扎克那里,故事中的所有秘密都为作家本人所掌握,他极为自信,就像上帝一样无所不知,阅读者也畅快于全知全能;而到了福楼拜,他的叙述变得小心谨慎,作家所知显得有限,文本中存在诸多"未定点",须得读者通过想象去补充。福楼拜的限制叙事引发了小说美学革命,也使小说文体意识得到进一步强化。由此,小说技术变得更复杂,叙事难度增加,其智力游戏意味得到进一步凸显。此后的现代派、后现代派小说的叙事技术往往指向哲学观念，更是让人眼花缭乱，但是，基本的技巧变化仍与叙述视角有关。曹军庆拥有丰富的世界文学阅读经验，从莎士比亚、巴尔扎克到列夫·托尔斯泰，从卡夫卡、马尔克斯、卡彭铁尔、博尔赫斯到巴别尔，他均有广泛涉猎，因此对小说叙事技巧有着较深入的领悟。他对叙述视角的实验热情，从他早年的作品中即可窥见一斑。

《逃亡》和《烟灯草》发表于2003年，堪称曹军庆早期的代表作。在这两个短篇中，他处心积虑经营限制性"讲述"，流露出对形式狂欢的某种迷恋——这种迷恋也草蛇灰线般延续在他后来的创作中，已然成为其小说的基本美学特征。

我们先来分析《逃亡》。这部短篇小说不过六千来字，讲述一个潜逃的杀人犯因疑心而杀死女房东，故事很简单，读起来却不觉平淡。其奥妙正在于，作家对叙事进行了精心设计。

曹军庆在小说中营造了一种特殊的叙事情境，叙事者由一个反映者所取代，这个反映者就是主人公冯雨春。但冯雨春并不像一般的叙述者那样对读者讲述故事，读者只是通过他的眼光来看待小说中的人物、场景和事件——作家将视角置于故事之内，也就是主人公的意识之内，运用了典型的内部聚焦模式（当然，这部小说的最后一章视角发生变化，随着冯雨春的失踪，叙述视角转换成了外部聚焦模式）。小说的叙述者似乎被隐匿，所以全部的场景仿佛赤裸裸呈现在读者眼前，那种热气腾腾的、闲散无聊的小镇生活氛围，栩栩如生、历历如目。进一步分析会发现，这些真实"呈现"的细节其实都是经过精心选择的，全是冯雨春的"看"和"思"，并未客观呈现生活的全部真相。假如追问主人公的生活和经历，还会发现尚存许多暧昧的暗区。冯雨春的真实身份到底是什么？他走上逃亡之路的原因是什么？由于运用了限制性视角讲述，文本中存在许多"未定点"，需要读者发挥想象去补充，故事才能变得完整清晰。譬如，房东周慧琳的信息完全来自冯雨春的视角，关于她的叙述其实是受到"限制"的。周慧琳对冯雨春怀有好感，主动借手机给他、同意他单独租房，最后奉上身体。可是，她为何两次就补鞋匠的身份、经历欺骗冯雨春？也许于她而言，生活太过无聊，这是她游戏人生的方式。若果真如此，那么她关于丈夫之死的叙述，又有多少真实性不得而知。细读文本会发现，周慧琳的叙述均与"暴力"有关，而这些信息又全都经由冯雨春传递。是否可以这样推测，她的叙事可能就是在冯雨春的"限制"叙述中产生的"事实"——与其说"周慧琳像是说着别人的事，脸上挂着淡淡的笑容"是关于她的状态的真实描绘，不如说这只不过是冯雨春的感受和理解。限制叙述的信息是被冯雨春选择过的，也深深刺激了他。这个外表看上去淡定、内心极度惶恐的男人嗅到了危险，于是杀死周慧琳，继续迈上逃亡之旅。故事情节非常简单，没有波澜起伏，而悬念接踵而至——有的可解，有的无解——皆源于叙事视角的限制，"限制"使得叙事充满张力。

在这部短篇小说中，内部聚焦模式的限制性视角还对塑造人物发挥了意想不到的作用。一方面，曹军庆对主人公的外貌特点、生活习惯、行为方式进行了较细致的描绘（如："穿黑色西服，有时是深蓝色。他衣冠楚楚，面容和善，但不太和人说话。""他在窗口一站就是半天，背影一动不动。""在一个地方，冯雨春只能住上十几天。最多也不超过一个月。他总是悄无声息地离开。""他要确保在睡眠状态里，必须有一些硬物硌在脖子上。"），另一方面，他还通过冯雨春的限制性观察来折射其内心世界。冯雨春总是站在窗口"看"和"想"：看到收破烂的老年夫妇在费劲地处理一个旧皮箱，"冯雨春露出会心的微笑。远远看去，好像他们俩正在宰杀或肢解一只动物"。看到箱式冷冻车驶过，他联想："它可以冷冻食品，也可以冷冻死尸或活人。"周慧琳递给他一部红色手机，他"突然觉得手机上面长满毛刺。或涂上了一层黏稠的液体，像血"。视点所及之物和因之展开的联想，均与杀戮和死亡相关，暗示了冯雨春性格的敏感、多疑、冷漠和残酷。由冯雨春的视角展开的叙述，不仅驱动着故事情节的发展，也完成了对他自己性格的塑造——主人公的面目变得清晰可感。小说中多次写到这个神经质男人默然站在窗前观察，暗示了他就是生活的"窥视者"。这个窥视者内心充满不安和惶恐，逃亡似乎成为他的宿命。曹军庆大概是想借这个人物来象征现代人的命运——无处不在的不安，弥散而又无法确证的威胁，无从把握自己的命运，只有在逃离中才能获得暂时的安宁。在如此短的篇幅中能塑造出一个比较鲜明的人物，曹军庆表现出与先锋小说醉心于书写观念化的、抽象性的人物不一样的艺术旨趣，也显示出不俗的艺术才华。

至于《烟灯草》，采用两个视角交叉叙事。"限制"的视角发挥了双重作用，一方面，它完成了叙事本身；另一方面，它影响人物命运，导致悲剧发生。"限制"视角在这部小说中具有双重意义——既是功能性的，又是内容本身。

那么，重读曹军庆这两部短篇小说有何意义呢？如果放在先锋小说或者现代小说的流脉中来考察，与马原、洪峰、余华、格非等人的代表作相比较，这两部作品更像是对前辈同行的致敬之作。但是，如果回到 21 世纪初期的文学场域中来考察，则会发现深意存焉。当时，随着现实主义冲击波的兴起，文学界整体转向关注现实，注重揭示尖锐的社会问题，而在艺术上则普遍表现出粗糙的写实特点，不太重视对现代叙事经验的吸收。在这样的背景之下，曹军庆醉心于操弄叙事，正是对现代小说美学品格的坚守。更为重要的是，这两部作品在曹军庆的个人写作史上具有不可小觑的意义，预示了一位年轻作家未来的美学生长点——对叙事技术的重视、对人物心理的关切，以及对语言节奏的把控。

2020/9/12

咀嚼历史与生命的况味
——评谢络绎的长篇小说《生与死间的花序》

十四年来,《外省女子》谢络绎告别《卡奴》,超越《恐婚》,穿过《他的怀仁堂》《到歇马河那边去》,在《六渡桥消失之前》《少年看到一朵牡丹》,经历了《耀眼的失明》之后,借助《倒立的条件》,终于催开了《生与死间的花序》——突发奇想地把谢络绎的主要作品串联起来,并非纯然玩弄文字游戏,在我看来,这些小说题目就像一座座路标(甚至是隐喻),昭示了一位青年作家的写作历程和美学追求。个中迷茫、艰辛与喜悦,也许都是深入骨髓的。经过多年的磨砺与调整,谢络绎的写作逐渐变得自觉和自信。毫无疑问,《生与死间的花序》的问世,将她的创作推向了一个新高度,这实在让人为之欣喜。

这部长篇小说以策展人"我"——罗漫追踪画家鲁开悟一幅画作为线索,以书中"书"的方式在现实与历史两个维度上展开叙事,钩沉家族历史,折射时代变迁,感悟生命奥秘,在历史、当下与未来的纵横交错中构建起一个宏大而绵密的艺术世界,意象丰富,细节饱满,激情暗涌……显而易见,这是一部"野心勃勃"的文本。这种"野心"表现在三个方面:一是画家鲁开悟,在回溯家族往事的过程中,试图重写历史并挖掘出精神根脉;二是策展人罗漫,通过策展试图创造一个"新生"的人,其实是想借此建构自己的价值生活；三是作家谢络绎，她躲藏在语言背后操纵着叙事，试图逃离"70后"的同声合唱，以宽广而厚重的女中音完成作为"这一个"的自我塑型。三者的"野心"殊途同归，都指向一个目标，那就是实现"自我完成"。更有意思的是，这部小说在建构的同时还进行着解构，正是在这样一个充满矛盾的双向互动中，小说的审美张力获得极大释放。

先说鲁开悟的"野心"。鲁开悟是一个出身悲苦的小画匠，改革开放后走出农村当包工头，成为一名成功的商人，可是家庭惨遭不幸——他的后妻谋杀了前妻生的孩子。身陷囹圄之后，他开始学习画画，成为一名画家。他一直在苦苦努力，渴望能够完成人生的一部重要画作，借此获得救赎。与策展人罗漫偶遇之后，他将自己写的关于家族历史的书交给她，希望她能与他共同完成那幅作品。鲁开悟家族的故事从1940年开始，一直延续到21世纪，涉及四代人的人生沉浮与悲欢离合。从表面上看，这部书中"书"采用的似乎也是以小历史折射大历史的家国同构书写模式，但是细细分析会发现，谢络绎并不着意于表现时代大变革及其对人物命运的影响，而是将笔触聚焦于个体生命，不断向心灵内部掘进，试图抵达生命之源，从而揭示出人物命运的某种必然。鲁开悟书写家族故事和画画，都是为了追溯自己的生命来路和精神之源。鲁氏家族及与其相关的女人是书写的重点，每个人物都具有象征意味。无论是命运坎坷的童养媳张银妮、死于非命的革命者林二姐，还是瘫子鲁鲤、以抄公文为乐的万云朵，无论是痴迷收藏的鲁红蓼、嫉妒迷心的蒋蕾，还是石女鲁凌星，她们在肉体或性格上都存在着残缺，经历着种种磨难，可是为了活下来，她们都以不同的方式苦苦地与命运进行着抗争。尽管无法战胜命运,生命最终归于凋零和迷惘,但是她们身上都焕发出坚韧与激情,引发人无尽的同情与怜悯……鲁开悟从她们身上获得了许多关于生命意义的启悟。他创作了《母亲》。在向美术馆捐赠这部作品时,他说还要反复修改,因为它"并非真实的母亲",而是"我的心灵归属"。需要"反复修改",其实暗示了他对自己叙述的历史以及对自我认知的怀疑,他内心充满了矛盾。所以,后来他又乔装打扮潜入美术馆,拿出《母亲》,以另一幅画作《红蓼》替换。红蓼是一个文化符号,寄寓着立志、思念、别离等意义。《诗经》有云:"山有乔松,隰有游龙。"东汉儒学大师解释"枝叶之放纵也",犹如红色的游龙。这个意象贯穿全书,似乎可以视为鲁开悟精神世界的某种写照。可是,他最终完成的画作却是这样的:"一些扑倒在地的红蓼枝,红色的穗状花朵凌乱其间,似在枝叶间穿行的虫子。一个男人赤裸身体,像是被人从高空中直直抛下,手臂做飞行状,头发垂下来,将要触碰到地面。他的眉目完全暴露出来,脸憋得变形了,显出红蓼那种深沉的滇红色。"画面抖动得厉害,线条跳跃,强烈的不确定感,风格类似基弗。这幅画是用特殊颜料绘制,色彩会慢慢消失,最后变成一张白纸。这个情节让人联想起《红楼梦》中的话:"看破的,遁入空门;痴迷的,枉送了性命。好一似食尽鸟投林,落了片白茫茫大地真干净。"历尽沧桑之后的鲁开悟其实已明白,建构精神家园只能是梦想。他和鲁氏家族的一切都是命中注定——生命的过程就是痛苦的抗争,生命的本质就是脆弱与虚无。在小说的结尾,鲁开悟的"野心"其实被消解了。从这个意义上说,这部书之"书"是一部痛彻入骨的悲剧。

再说罗漫的"野心"。她是一个成功的策展人,成功推出了不少画家，但是她缺少真爱、内心寂寞，渴望在终极意义上参与画家的"自我改造"。她不仅被小画家欺骗，还自以为能影响鲁开悟，其实在不知不觉中，她成了鲁开悟的"行为艺术"的一部分。鲁开悟在家族史的开篇写道："朋友，你是我在此地相遇的第一人……"这句话出自《荷马史诗》，是奥德修斯对雅典娜的祈求，后面还有一句话："但愿你对我也无恶意，请你拯救这些财物，拯救我本人。"这给罗漫造成了强烈错觉，她似乎可以担当鲁开悟的拯救者，所以才会心旌摇荡。当罗漫读完全书时，结尾却是这样的："你是我选定的影子……但我偏偏凭意念选定了一个影子，这既抽象又具体，性别还是对立的，如同丘陵对溪谷，因为只有这样才能形成阴阳回环，促成我的完整。我将你放在远处，看着你，也像在看着我。我让你看书稿，就是想让你经历我所经历的，想从你的反应中找出我的反应，很可能被我忽略的反应。我也因此校正着自己。"在鲁开悟看来，罗漫无非是一个专业的工具而已。他还叮嘱："但影子是不发声的，罗漫。你明白我的意思吗？关于我的事情，请不要说出去。"小说到此戛然而止。吊诡的是，这个故事又被讲述出来了。所以，罗漫从一开始就进入了自我迷失的陷阱。她并不是上帝，不能创造人，也无法改造人。她甚至不能拯救自己，遑论拯救他人？透过这个人物，谢络绎对人参与精神塑造进行了反思，也对艺术本身进行了质疑。

当然，鲁开悟和罗漫都是谢络绎创造的人物，最终呈现出的是她的写作"野心"。在某种程度上，她的确实现了自己的"野心"，可是，同时也带来一个值得探讨的问题——人物的历史合理性。譬如鲁开悟，他的精神危机的根源到底是什么？仅仅是因为两个孩子被第三任妻子谋杀了吗？这当然是关键性因素，但是还有没有其他因素呢？作家赋予了他太多意义：他是一个理想主义者——艺术可以拯救人生，他是一个怀疑主义者——面对历史时像一个智者，他最终是一个虚无主义者。之所以说是"赋予"，乃是因为从他的生活经历和心理轨迹中看不到这些观念是如何生长出来的。这让我联想起《艾约堡秘史》中的淳于宝册——也是一个具有诗人和哲人气质的商人，张炜耐心而细致地揭示了这个人物在时代环境中生成的历史合理性。显然，这还并不只是一个写作技巧的问题，而是关涉着作家的价值观，也就是对生活的整体性理解以及怎样去烛照人物的精神世界。

在一个物质至上、精神迷失的时代，文学艺术到底还能承担什么？谢络绎通过一个缠绕多姿的双重文本和一场富有想象力的行为艺术表达了她的深入思考。毫无疑问，这部小说已成为她创作的一个新的分水岭，她进入了新的文学境界。尽管小说的标题仍然暧昧而小资（我其实更喜欢最早的题目《如画》），但是小说本身的厚重与鲜明是不容否认的。亦如林白所言，这部小说"有一种流泻感"和"潮湿感"，颇有感染力。假如，这"流泻"有着指向更为集中的喷薄力量或者这"潮湿"含有温暖，会不会焕发出更加酣畅淋漓的超拔震撼力呢？

2022/2/3-16

工业叙事美学的新收获
——评陈刚的长篇小说《卧槽马》

如果按照传统的小说题材分类的话，陈刚的长篇小说《卧槽马》当然应归入工业题材类。他自己也说过，要"写一个百年企业的传奇"。从甫一进入这片领地，他其实就给自己设置了一个美学难题——如何突破工业叙事的旧有模式。相比起农村题材、城市题材、军事题材、历史题材等领域的优秀小说层出不穷，工业题材创作一直显得较为薄弱，也令不少作家望而却步。从20世纪五六十年代的《铁水奔流》《百炼成钢》《火车头》《乘风破浪》到20世纪八十年代的《乔厂长上任记》《沉重的翅膀》《三千万》，再到20世纪九十年代的《大厂》《车间》，一代又一代作家聚焦中国的工业发展与工人生活，创作了不少洋溢着鲜明时代气息的作品，但是由于受时代环境因素和作家主体意识所限，这些作品在整体上并没有达到应有的美学高度。到了21世纪，《问苍茫》《超低空滑翔》《红煤》等作品相继问世，由于新观念的介入，将工业题材创作推进到了一个新层面。《卧槽马》正是在这股潮流中涌现的一部佳作，不仅较好地吸收了工业题材创作的历史经验，而且融入了作家在新时代广阔背景下关于企业发展、社会进步与人性之谜的诸多新思考，对于如何突破工业题材创作既有美学范式做出了一些有益的探索。

《卧槽马》的主体故事讲述的是一个国有大中型化工企业的

创业史和改革史。在备战备荒年代，国家决定在地处江汉平原的卧槽马村创建505军工厂。不久，军工厂转型为民用企业，更名为峡湾地区化肥厂。在计划经济年代，化肥厂迎来了黄金发展时期。随着市场经济的全面启动，化肥厂管理落后、效率低下，在竞争中逐渐陷入困境。经过大刀阔斧的改革，化肥厂更名为泰丰公司。在强化企业文化建设的同时，泰丰公司引入现代企业管理机制，发展逐渐步入新轨道。到了二十一世纪，为了应对全球化竞争，泰丰公司积极进行产业技术升级，改制上市组建新企业，为未来发展勾画出新蓝图……显而易见，泰丰公司的发展历程就是中国许多工业企业几十年走过的道路的缩影，具有很强的代表性和典型性。作为共和国现代化建设基石之一的工业企业，在过去的半个多世纪里为社会发展和民族振兴做出了巨大贡献，也积淀了丰富的历史内容和文化内涵。面对这样一个可以多角度、多层面书写的巨幅历史图景，选择怎样的切入角度，考验着一个作家的智慧。陈刚放弃了全景式的书写方式，而是在总体性视野之下，精心选择中国社会发展的几个关键性转折节点作为背景，聚焦企业"变革"这个核心（就像《卧槽马》的标题所概括和隐喻的，泰丰公司几落几起，总在险中求生），浓墨重彩地书写工厂在不同历史阶段遭遇的困境以及寻求新生的努力，生动地再现了三代创业者的奋斗历程和心灵追求，深情地礼赞了中国工业精神。小说高屋建瓴、大开大合而又婉转曲折、洞幽烛微，以十多万字的小篇幅含纳六十多年的大历史，具有较强的历史概括力和审美张力，表现出一位青年作家敏锐把握社会历史发展趋势的能力和突出的叙事才华。

我们经常诟病工业题材的作品立意肤浅、内容单薄，其原因除了作家囿于自身阅历、缺乏厚重的生活积累和切肤的生命感受之外，更重要的还是观念局限。陈刚长期在国有化工企业担任领导，深谙现代企业的生产、管理和经营方式，也见证了诸多企业的生死沉浮，积累了丰富的一手生活素材，同时他还对社会变革与企业发展有着深刻洞察，能够从总体上准确把握在工业化进程中的不同阶段，"管理""文化""信息""资本""科技"等要素何以成为企业发展的核心支点，从而使每个环节的叙事既具有历史的真实感，又不失清晰的方向感。从小说的开篇建设505工厂到结尾组建YH泰丰联合化工公司，"卧槽马"通过凶险而艰难的"三级跳"，最终凭借管理革命和技术革命获得新生，这也理想化地昭示了中国工业未来发展的一种模式；而以黄政勇、吴英俊、姜大民为首的企业领导者在这个过程中艰难涅槃，他们和无数的工人一起努力奋斗，锻造出中国工业精神——在追求现代化过程中焕发出的使命意识、担当精神和创新能力。

工业题材创作要想拥有历史深度，必须直面国家工业化发展道路和社会主义发展模式这些时代"大问题"。只有当作家以总体性视野去审视历史和现实时，他才能透过碎片化的生活素材去深刻认知工业化与现代化的文化内核，并以一种现代性的思维方式和审美方式去理解、把握历史变迁中的工业现象与工业精神，进而实现对于生活的审美化表达。这正是陈刚有别于其他从事工业题材创作的作家之处，也是《卧槽马》取得成功的一个重要原因。

当然，《卧槽马》更重要的价值还在于，它突破了狭隘的工业叙事模式，由单一的工业叙事转向复杂的社会叙事，呈现出新的工业叙事美学。这部小说除了聚焦工业环境中的内部风景、人物关系和矛盾冲突之外，还在广阔的社会生活背景中拓展工厂故事，以点面交织的方式来表现由工业化引发的社会变革，进而表现人性的丰富面向。

正是由于企业发展的带动，卧槽马由一个村演变为乡，又升级为城镇——这也是中国乡村城镇化与工业现代化并行的真实记录。小说不仅生动地表现了时代演进过程中乡村、城镇生活图景的变幻和社会风尚的变化，给人身临其境之感，而且还比较深刻地揭示了历史变迁中人的心灵世界的演变。当时代巨浪滚滚向前时，每个家庭和个人都会被裹挟其中，往往难以自主把握命运。正如小说标题所暗示的，无论身处怎样的时代或怎样的位置，每个人都会面临凶险，常常不得不绝地求生：农民王友忠根据身患绝症的父亲王麻子的安排，以"举报"他是特务换取了自己的"政治清白"，从此平步青云，成为卧槽马地区的主要领导，也改变了整个家族的命运；下岗工人胡远方蓄意谋害打工歌厅的老板，霸占了他的妻子和歌舞厅，后来又开办物流公司，称霸一方，可最后落得鸡飞蛋打一场空；知识分子出身的吴英俊事业有成，可是和刘招娣的婚姻亮起红灯，如果不是一顿偶然的美味佳肴唤醒了他们对生活本质的重新理解，从而领悟到"怎么过日子，就是人生态度"，他们也难以度过生活危机；出身低微的姜大民灵活善变、左右逢源，终于飞黄腾达，其实他不过就像一个"患了小儿麻痹症的人在走夜路，深一脚浅一脚"探出了一条路，最终还是"拗不过命"，以致英年早逝；老革命黄政勇何尝不是备尝艰险，无论是工厂转型，还是企业改制，一次次危机降临，一次次峰回路转……这些人物都与工厂、企业有着千丝万缕的关系，但是这些故事显然已不再是典型的工业叙事。工厂已经成为背景，舞台上演绎的是活色生香的人间悲喜剧；工厂也像凸镜，映照的是幽微而复杂的人性。陈刚以"卧槽马"这个意象作为隐喻，将企业的命运与个体的命运黏合在一起，既形象地揭示了工业化进程对人的性格的塑造和命运的影响，也凸显了人性中永恒闪光的那些素质——譬如理想信念、责任担当、牺牲精神、爱与宽容等——这才是推动人类社会进步、生活幸福的根本力量。

王友忠在父亲王麻子的墓碑前清唱《卧槽马》时，突然想起一句唱词"世间万象转头空，人生百味在其中"，然后又想起一句"芭蕉心尽展新枝"；黄政勇在微信里转载了一段话："在个体的、具体的生命与整体的、抽象的历史之间，充满了永恒的紧张的对峙，社会的进步就在这每一个历史对峙的缝隙里生长。我们的使命就是填补好这缝隙，让新的生长更加牢固。也许这才是生命的自觉意识。"两位历经沧桑的老人从不同角度获得的人生启示，一个植根于传统文化，一个来源于现代理念，非常切合他们的人生经历与性格特点。他们在将人的生存问题引向哲学之思的同时，也赋予了这部工业题材小说浓郁的诗性色彩。正是因为对于生存主题的生动书写，《卧槽马》拓展了小说的审美空间，突破了工业叙事的固有窠臼。

当然，这部小说也还存有遗憾。如果篇幅更长一点，对社会历史画卷有更充分的展开，在矛盾冲突中赋予人物更多行动，几个主要人物形象将会变得更加丰满，并拥有历史深度；另外，工业文明就像一柄双刃剑，在推动社会进步的同时也引发了诸多负面问题，譬如人的异化、环境污染等，因此，立足于人文精神的反思与批判也是具有现代性审美思维的作家不应忽略的。

2019/12/23

"没有人是一座孤岛"
——评张慧兰的《无回应之地》

一

一位富翁死后到了天上,天使对他说:你可以选一个房间生活一千年,这里将会给你提供最好的生活条件。富翁选择了一间最豪华的房间,在里面可以看到最美的风景,能吃到最好的美食,唯独没有陪伴他的人。一千年后,富翁哭着对天使说:我以为那是天堂,没想到比地狱还可怕。天使道:谁说是天堂?那就是地狱啊!

这是一个流传甚广的寓言,隐喻了人类的基本需求——人类是精神与情感的动物,再优渥的物质条件也无法替代精神和情感的满足,人一旦失去他人的关心关爱,就会陷入孤苦之境,甚至导致心理疾病。寓言中的富翁无人相伴、精神空虚、情感孤独,他的处境与张慧兰的中篇小说《无回应之地》中的主人公辜庆荣的遭遇十分相似。他们都生活在孤独之中,缺乏精神慰藉与情感抚慰,是"被抛弃的人",深陷"无回应之地"。"无回应之地"出自英国心理学家威尼科特的名言:"无回应之地,即是绝境。"这里说的绝境,等同于死亡。换句话说,死亡就是无回应之地——这就是辜庆荣的结局。为什么"无回应"？当然首先是"人"的缺失。没有"人"，何谈"回应"？何谈爱与温暖？在人类进化过程中，个体为了更好地生存发展，通过各种各样的组织方式结构而成社会。社会作为集合体，其中的分子彼此关联，通过相互合作以达成一定目的。在"彼此关联""相互合作"的过程中，便形成了一定的社会生存环境。这种生存环境可能是积极的，也可能是消极的。"无回应"的社会环境当然是消极的，会诱发并加剧心理疾病，从而导致心灵"地狱"。

进入现代社会之后，随着尼采宣称"上帝死了"、福柯宣称"人也死了"，个体心灵越发容易陷入空虚、孤独和无助的境地。随着信息技术、人工智能和基因技术的突飞猛进，生活节奏加快，人际关系日渐疏离，"人"的许多传统观念和行为方式都受到颠覆性挑战，孤独感就像瘟疫一样蔓延，罹患心理疾病的人越来越多。消极悲观的思想及自责自罪、缺乏自信均会诱发绝望意识，认为"结束自己的生命是一种解脱""自己活在世上是多余的人"。因患抑郁症而自杀的不乏名人，如凡·高、海明威、三毛、张国荣等。

心理疾病与生理疾病一样，都是人类最基本的生活经验之一，是一种不以人的意志为转移的、不可抗拒的人生体验。苏珊·桑塔格在《疾病的隐喻》中指出："疾病是生命的阴面，是一种更麻烦的公民身份，每个降临世间的人都拥有双重公民身份，其一属于健康王国，另一属于疾病王国。尽管我们都乐于使用健康王国的护照，但或迟或早，至少有那么一段时间，我们每个人都被迫承认我们也是另一王国的公民。"因此，疾病必然是文学审美观照的重要对象，不仅为文学提供鲜活内容，还会创造出新的话语方式与意义空间。对于人类而言,疾病意味着疼痛、受难和死亡,关联着潜意识中的恐惧。书写疾病,尤其是将其审美化,是消除恐惧的一种有效方式。另外,疾病往往还具有隐喻意义,除了指涉生理,还指涉社会、文化、政治、道德等,折射着特定时代情绪和作家的人文情怀。如鲁迅所言"揭出病苦,引起疗救的注意",就是将疾病与社会问题、心理人格相关联,赋予疾病文化象征意义。

当代文学中的疾病书写蔚为大观,像余华的《河边的错误》、史铁生的《病隙碎笔》、毕淑敏的《拯救乳房》等作品产生广泛影响,将文学对于人的精神世界的深度探索和对于人性复杂性的揭示推进到新的层面。近年来,张慧兰也将目光聚焦于社会心理问题,相继发表了《月光册》《星星别怕》等一批书写疾病的作品。前者关注老年人的自杀与情感问题,后者聚焦自闭症现象,发表后均受到文学界的好评。《无回应之地》是她的中篇新作,通过讲述一位患有抑郁症的中年女性反抗孤独的悲剧故事,深入探讨当代人"无回应"的生存困境。

这部小说的矛盾冲突主要集中在辜庆荣与周晓磊之间,故事一波三折,颇为引人入胜。周晓磊听说昔日对自己关爱有加的中学老师辜庆荣寡居,特地驱车去郊区看望她。辜庆荣的女儿在国外留学,她孤身一人生活,除了一只叫安倍的猫相伴,几乎不与同事、朋友来往,十分孤独寂寞。周晓磊的到来,令辜庆荣得到莫大安慰。此后,两人经常在微信上互动。一天深夜,周晓磊收到辜庆荣的一条奇怪短信,预感她会出事,急忙赶到她的家中。果然,患有抑郁症的辜庆荣吃下大量安眠药,企图自杀。被周晓磊救下之后,辜庆荣在情感上越来越依赖他。为了见到周晓磊,辛庆荣谎称安倍失踪，让他长途奔波帮忙寻找；为了满足女儿的需求，她软硬兼施找周晓磊借钱。辛庆荣的频繁骚扰，令周晓磊不适，也引起他的妻子刘倩不满。见周晓磊故意躲避自己，辛庆荣就编造了"生日晚宴"将他骗到家中，偷偷下药，强行留宿。周晓磊清醒后，目睹了辛庆荣的变态行为，对她越发厌恶、疏远……辛庆荣怀疑女儿在国外被害，央求周晓磊帮忙打听其下落。周晓磊了解真相后，不知如何告知辛庆荣，一味躲避她。一天早上，当辛庆荣再次迎面追来时，周晓磊在慌乱中错将油门当成刹车踩下，将她和安倍撞得飞了起来……

　　这是一个由"报恩"引发的悲剧，主要原因是处在"无回应"状态下的辛庆荣的心理和行为越过了正常人际交往的界限，不仅给周晓磊带去困扰，而且导致他应激反应过度，最终酿成车祸。辛庆荣患有心理疾病，丈夫的去世如同雪上加霜，激化了病情；女儿丝毫不关心她，执意出国留学，不停地找她要钱，增加了她的心理压力。她没有朋友，与同事关系疏远，独自病休在家，十分孤独、痛苦。她与丈夫留下的波斯猫安倍相依为命，那是她唯一的安慰与寄托。昔日学生周晓磊的偶然出现，就像一束光照亮了她的晦暗人生。可是，她终究是一个精神病人，太想抓住这根稻草渡过生命的险滩，以致彻底失去理性，做出一系列疯狂举动，最终招来灭顶之灾。辛庆荣过生日那天，她与周晓磊的矛盾冲突达到白热化。当她撕开伤疤、裸呈出内心的秘密时，周晓磊被她的极端方式吓坏了，对她的态度由敬重、同情变为怜悯、厌恶……小说高潮处的一个场景隐喻了人物的命运和故事的主题："辛庆荣俯下身子，用嘴对着蜡烛轻轻吹去，蜡烛灭了，一股轻烟对着周晓磊散去，残缺的'4'和'8'变成了'十'

和'0'。"随着烛光熄灭,人性的黑暗之幕朝着两人降落。"4"和"8"变成了"十"和"0"这个细节饱含着丰富的意味:"十"象征着十字架,不仅是对辜庆荣的惩戒,也是对周晓磊的拷问,而"0"则象征着终结。

《无回应之地》敏锐地触及当下一个日益严重的社会问题,显示了作家对于生活的敏感与发现。根据马斯洛的理论,人有生理、安全、社交需求、尊重和自我实现五个层次的需求。对于辜庆荣而言,她在每个层次都存在欠缺,尤其在情感和精神层面的渴求更为强烈。抑郁症的发病机制涉及生物化学、神经内分泌、遗传等复杂因素,但需求缺失无疑会加剧病情。辜庆荣的一些变态行为固然让人厌恶,但她终究是一个病人和弱者,是值得同情的对象。假如周围的人们对她多一份关爱,假如女儿对她多一点体贴,假如周晓磊不是一味逃避,她也不至于在黑暗中越坠越深,以致陷入灭顶之灾。

辜庆荣的悲剧绝不是一个个别的命运悲剧。在剧烈变革时代,我们遭受着越来越大的生存压力,一旦社会环境恶化,每个人都可能变成"辜庆荣"。英国诗人约翰·多恩在《没有人是一座孤岛》中写道:"没有人是一座孤岛/可以自全/每个人都是大陆的一片/整体的一部分/如果海水冲掉一块/欧洲就减小/如同一个山岬失掉一角/如同你的朋友或者你自己的领地失掉一块/任何人的死亡都是我的损失/因为我是人类的一员/因此/不要问丧钟为谁而鸣/它就为你而鸣/。"是的,一旦"无回应之地"出现,其实丧钟也为你敲响……

张慧兰以饱含怜悯的文字,娓娓讲述了一个生活在社会底层的女性的悲泣与呐喊,试图唤起更多人去关怀心理疾病患者——

因为他们是容易被忽略的社会弱势群体。

二

《无回应之地》比较成功地塑造了辜庆荣的形象。她认为自己是一个"多余人",被社会和亲人、朋友所抛弃:"在我爱人握着我的手垂下去,两眼闭上从此不再醒来时,我就感觉他抛下了我,全世界都抛弃了我。""我没有亲人,我不想见他们。……他们只会抱怨,看我的笑话,没有人同情我关心我,我也不想麻烦任何人。""我没有好朋友。这两年来,我几乎断绝了与所有人的联系。她们听说我住院了,肯定都逃得远远的。"她患有忧郁症,敏感多思,情感脆弱,得不到理解与同情,感受不到爱与温暖,更得不到帮助,心灵在孤苦中越陷越深,看不到人生未来。为了"保护"自己,她画地为牢,将自己封闭,将周围的人远远隔离,这种防御又加剧了她的病情,最终导致悲剧发生。

其实,年轻时的辜庆荣漂亮优雅、性情温和:"身材苗条,皮肤白皙,眼睛又大又亮,而且会写文章,会唱歌,是班上很多男生心中的偶像。""上课总是轻言细语,要是有学生不听话,辜庆荣生气时脸蛋通红,两眼水汪汪的,比平时还要好看。"她对学生充满关爱,给周晓磊开小灶、帮他买肉包子、掏钱买书送给他……"好老师"为什么会变成后来"性格怪僻、自私、冷漠、固执而又不择手段的""多余人"呢?张慧兰并没有像陀思妥耶夫斯基的《罪与罚》那样铺陈笔墨,深入人物内心去揭示其畸变的心灵轨迹和复杂原因,她只用一句话一带而过,"可是岁月无情,仅仅只过去了二十年,辛庆荣就判若两人,像一朵残败颓废、毫无生气的花",然后,集中笔墨描写她与周晓磊相遇之后的心理和行为变异。

在小说中,张慧兰比较细致地描写了辛庆荣的九次哭泣,一层一层深入她的内心,显示出一位写作者勘探人物精神世界的较强笔力。从心理学角度而言,哭泣是一种自我保护措施,不仅可以宣泄压力,缓解人的紧张情绪,还可以发现隐藏在自己内心深处的情感,从而获得某些慰藉。小说中的一次次"哭泣"就像一面面镜子,折射着辛庆荣隐秘的情感与精神,也完成了关于她的塑型。

多年后与周晓磊见面,辛庆荣"忽然放声大哭"。她一直为没有照顾好丈夫而心生自责,女儿的不理解与责怪更是加剧了她的痛苦。这些痛楚淤积于心,一直无人诉说,所以她在学生面前忍不住大放悲声。这一哭充满了委屈,起到了缓解心理压力的作用。第二次是当她自杀获救后在医院散步,突然对周晓磊哭诉起丈夫。周晓磊的相救唤起了她内心蛰伏的情感,此时她嘴巴里说的是怀念丈夫,其实内心已波澜起伏,情感隐隐约约有了新指向。第三次是波斯猫安贝失踪,她哭求周晓磊帮助寻找。这既是真情流露——猫对她太重要了,也多少带有试探周晓磊的意味。第四次是她留周晓磊吃饭,周晓磊夸菜做得好,辛庆荣抬起泪眼:"以前,我爱人在的时候,最喜欢吃我炒的这三样菜,可是,他从来没有当面表扬过我。"此时的辛庆荣已陷入对周晓磊的情感依赖,但是她努力克制着自己。周晓磊的一句礼节性赞扬,马上引发她落泪,并与丈夫进行比较,反映了她潜意识里的需求在疯长。第五次是女儿找她要钱,她哭着对周晓磊说:"都说女儿是妈妈的小棉袄，可我女儿连一只猫狗都不如。"女儿"无回应"的态度，加剧了她的恐惧与绝望。她找周晓磊借款，既是走投无路，也是弱者在祈求精神与情感支撑。第六次是七夕晚上，她下药留宿周晓磊，"辜庆荣柔软的胸脯抵着周晓磊，眼泪顺着脸颊滴落到周晓磊身上"。她已欲罢不能，欲望和真情自然流露，泪水中充满了委屈与矛盾。当周晓磊斥责她在果汁里加白酒，她嘤嘤哭着请求他原谅——这是她的第七次哭泣。辜庆荣毕竟是一个知识分子，做出如此荒唐的行为，理性让她感到羞耻。她的内心在苦苦挣扎，泪水是一种释放。第八次哭泣发生在情节高潮处：辜庆荣受虐般鞭打自己，周晓磊夺下了她的鞭子，她跪倒在地号啕大哭："我恨我自己没别人命好，恨自己害死了我爱人，恨自己没把女儿教育好，恨我不知怎么就喜欢上了你，恨我自己无时无刻不想你……"强烈的自责混杂着赤裸裸的欲望，她已无法自持，进入癫狂状态。"辜庆荣，你无耻！你为什么要把周晓磊留在这里？你为什么总想着要他来陪你……"声声泣血的呼喊，暴露了她真实的内心——欲望的魔鬼完全控制了她。这个可怜的女人在火中炙烤，在油中煎熬，她已体无完肤、灵魂出窍。最后一次哭泣发生在车库里，她得知女儿的不幸消息后，"既像笑又像哭，既像问周晓磊，又像在问自己"。最后一丝光芒被黑暗收走，她发出了绝望的哀号——她已站在"无回应之地"的边缘。作家的笔锋一层层突破辜庆荣封闭的内心堡垒，九次哭泣真实而细腻地揭示了一个沧桑而痛苦的灵魂在绝望中的希冀、挣扎与最后的沉沦。这是一个何其决绝而可怜的女人！她决定自杀时，紧闭门窗，做好了以自己的遗体喂食安贝的打算——可以维持它两个月的生命。这种几近变态的安排，透露出痛入骨髓的绝望。一旦身处无回应之地，爱也会变成残忍，让人不寒而栗。

张慧兰成功塑造了一个新的"多余人"形象。这个形象既承袭了文学传统基因，又具有强烈的当代气息。

"多余人"最早出现在19世纪俄罗斯文学中，"五四"时期中国作家也塑造了一批"多余人"形象，如魏连殳、吕纬甫、觉新、方鸿渐等。当代文学画廊中同样存在许多"多余人"，如王朔笔下的"顽主"、《废都》里的庄之蝶、《长恨歌》中的王琦瑶、《兄弟》中的宋刚等。他们具有类似的特点，那就是当社会出现急剧转型、新旧文化出现纠缠时，他们置身于时代的旋涡中无所适从，遭到社会的挤压而无力把握自己的命运，孤独忧郁、颓废消极，灵魂苦苦挣扎。作为一个复杂的矛盾统一体，"多余人"形象的流变折射了社会文化心理的变迁，蕴含着丰富的社会现实意义和文学审美价值。张慧兰塑造的辜庆荣这个人物具备"多余人"的特点，她不仅是一个在当代社会生活中产生的心理疾病患者，更是一个因为心理、情感障碍而苦苦挣扎、寻求救赎的孤独灵魂的标本。

这部小说采用第三人称内聚焦叙事，所有的故事都经由周晓磊的"眼睛"传达，几乎没有直接描写辜庆荣的内心世界，因此她的心灵史留下了许多空白。作为一部探讨社会心理问题的小说，假如给予主人公更多自我呈现的机会而不全是他者审视，艺术感染力应该会更加强烈。另外，辜庆荣心理畸变如果能与广阔的生活发生关联，也会进一步拓展作品的社会历史深度。

三

张慧兰在《无回应之地》中还精心塑造了一个鲜明的青年形象——周晓磊。他心地善良、懂得感恩、富有爱心和责任感，可又略显盲目和软弱。周晓磊对辜庆荣充满怜悯之情，一度想拯救她，可最终反落入陷阱，造成了令人惋惜的悲剧。

起初，周晓磊对辜庆荣是充满感恩与同情的，"望着辜庆荣有些花白的头发，周晓磊心里一酸"。老师的不幸遭遇深深触动了他，也让他在情感上变得成熟，他觉得应该更加珍惜幸福生活，于是更紧地拥抱妻子，"这种温暖与热度能驱散周晓磊那天进入辜庆荣的房间时那一瞬间所感受到的寒冷与孤寂"。他决定帮助老师渡过人生的难关。粗粗了解抑郁症常识后，他认为自己可以"拯救"老师："治疗这类病人，最重要的就是要帮助他们树立生活的信心，培养对生活的热爱。"为了帮助辜庆荣振作起来，他绞尽脑汁，从网上搜索积极的人生格言和正能量的故事发给她，"每一次按下发送键，周晓磊都有一种愉悦感和成就感"。尤其是凭着直觉及时挽救了企图自杀的辜庆荣之后，他获得了超高的价值成就感："感觉自己有生以来第一次像一个顶天立地的英雄，一个神话般的救世主。"这也导致他的信心盲目暴涨。其实，他缺乏对抑郁症的深度了解，更缺乏应对心理疾病患者的经验。他并不知道自己的好心介入，在某种程度上导致了老师心理疾病的恶化。当辜庆荣提出"非分要求"——借钱，又邀请他去参加生日聚会，他仍"反复地说服自己，克制自己，甚至委屈自己"，并试图说服生气的妻子，"我之所以答应辜老师，是不想让自己的良心过不去，怕她又寻短见"。过度盲目自信，让他也陷入心理误区；传统道德影响，使他丧失理性判断。周晓磊的失策与失度，进一步激发了辜庆荣的心理畸变。辜庆荣说："以前我是你的导师，现在你是我的导师。每一个人在孤独无助的时候都需要抓住一根稻草，你就是我那段时光里一根救命的稻草。……我像一个贪吃的孩子希望你能永远给我糖吃，给我力量。"而周晓磊除了拥有善良与热情，其实并不成熟，怎么能当"导师"呢？辜庆荣的心理欲求在增长："晓磊，你应该意识到，当你把我从死神手里抢回来时，我的命就是你的。可现在，你既救活了我，却无法解除我的痛苦，拯救我的灵魂，那你干吗要救我呢？"由此，周晓磊坠入了巨大的道义陷阱。直到七夕那晚被下药，他醒来后才"突然有一种被绑架的感觉，他没想到自己好心救人却掉进了一个深坑，现在想抽身已来不及了"。他并不强大的内心中虽然仍保有怜悯，但也充满愤怒和恐惧。当"门在周晓磊身后重重地合上，沉重的响声隔开了里外两个世界。周晓磊感到一种前所未有的疲惫与虚脱"。与生活迎面撞了个头破血流之后，他不再觉得自己是"英雄"，而是选择了逃避。他不知道怎样正确回应辜庆荣关于女儿下落的询问，此事成为压垮辜庆荣的最后一根稻草，他也在慌乱中成为杀手。

　　毫无疑问，周晓磊也是一个具有鲜明时代感的人物。他的故事让我想起希腊阿波罗神殿大门上刻着的一行字：认识你自己！在现代信息社会，人们很容易获得知识，并以此来确认自己拥有"能力"。其实，每个人都深陷局限之中，不是英雄，更不是救世主。人的成长就是不断认识自我、反思自我、破茧而出的过程。只有当你真正认清了自己，你才拥有了巨大力量。

与近年来充斥于文学作品的中的失败青年、边缘青年、精致的利己主义者形象相比,周晓磊是一个充满温度和正能量的人物,让人产生耳目一新之感。他的不成熟,反而使我们坚信,唯有爱,才能避免这人间变成一个个荒寒的"孤岛"……

2021/11/16

铸造自己的"暗器之王"

一个优秀的小说家，哪怕只是随意讲述一个小故事，也一定会有自己的语调，给叙述烙上某种鲜明标记。小说的语调，从表层来看与叙述节奏、修辞方式和造句风格相关联，从深层来看还受到素材选择、角度切入的影响，背后隐含着小说家对世界的态度和立场。严肃或者调侃、冷峻或者热切、幽默或者平实、铿锵或者低沉，凡此种种语调特色，不仅表征着小说家对于语言艺术的自觉追求，也成为小说美学风格的重要构成。

贾若萱是一位早慧的作家，从一开始写作就在努力寻找属于自己的语调。记得五年前读过她的一个短篇小说《他的家》，讲述一位失恋少女窥视情人的家庭生活，企图实施报复，可最终还是选择了宽恕的故事。小说不到一万字，以第二人称展开叙事，多用短句，语言清新而不乏灵动，叙述语调平实。她的平实语调并不给人平淡乏味之感，反而有着某种直击心灵的力量，故而一下子引起了我的注意。这个短篇是她的处女作，很快被《长江文艺·好小说》转载。后来，我又在《西湖》等杂志上接连读到她的几个短篇，那种与她的年龄有些违和的平实语调，令我印象深刻。在我的阅读经验中，像她这一波"90后"作家的写作往往带有梦幻、温软或甜腻的气息，语调飘忽不定，固然给人陌生化的新鲜感受，但总觉有些清浅乏力……一代人有一代人的生活，一代人有一代人的流行语调。"十七年文学"的高亢语调，新时期之初的悲情语调、反思语调，市场经济滥觞时期的欲望语调，都带有鲜明的时代印记，成为一个时代文学风貌的重要标志。进入21世纪之后，消费主义盛行、信息泛滥、空心化、神经质、虚弱、躺平等症候更为突出，新一代的年轻写作者敏锐捕捉到这些生活内容并进行书写，与之相应的流行语调自然而然会诞生。可是，置身于流行场域中的贾若萱，似乎有意要从同龄人的合唱声中挣脱出来。她睁开一双大而明亮的眼睛，看似漫不经心，实则从容不迫地审视着生活，试图以自己的语调来讲述所闻、所见、所思。

如果说贾若萱早期的小说语调还只是一位颇具天赋的写作者的自然选择，那么，到了写作《即将去往倒淌河》《暴雨梨花针》等作品时，她则进入了自觉状态。

先看《即将去往倒淌河》的开头："王逗逗用一根尼龙绳，把田七绑到树上。我双手抱胸，在旁边指挥：胳膊捆紧点，别乱动。田七嘴里塞了块脏抹布，撑得下颌很长，眼角青筋暴起，盯着我。我说，怎么，没想到？他挣扎，含糊不清的话堵在嘴里。我点了根烟，从他怀里摸出手机。"全是短句，叙述平实，没有使用修辞，不带感情色彩，画面感很强；多用动词，节奏很快，信息量大，不仅交代了主要人物、人物之间的关系，还直接点出了矛盾冲突，并留下悬念。这是比较典型的贾若萱语调，平实却内含张力，看似漫不经心，实则暗藏机锋。整篇小说的叙事同样保持着这样的语调：导演田七性侵了"我"，还拍下裸照威胁。"我"为了报复田七，与旧情人王逗逗一起设计将他绑架到郊外的河边施以惩罚。田七手机里的裸照被删除后，他与王逗逗发生激烈打斗。王逗逗被田七打晕,"我"出手刺伤田七,两人扭打起来。危急关头,苏醒过来的王逗逗冲上来相助,将田七的黑狗踹入河中。田七为了救狗跳入河中,差点被淹死。王逗逗将他和狗救上岸来……这个故事具有很强的戏剧性因素——性侵、绑架、打斗,完全可以讲述得跌宕起伏、惊心动魄,可是贾若萱有意压制了传奇叙事冲动,选择了一种平实的语调来进行日常化叙述,不动声色地进入主人公千疮百孔、万箭穿心的生活,真实还原了当下青年的生活状态与精神状况。那淡定平实的语调,凸显了作家对于生活的态度——坦然面对并承受生命给予的一切。贾若萱还将笔触深入到人物内心,去探测人性的复杂。田七道德败坏,可为了救狗不惜舍命跳河——那是母亲临死前托付他照顾的残疾狗——他这一"跳",跳出了爱与善的闪光。残疾狗和"我"的智障女儿一样,都是生命中的不可承受之重,考验着不堪一击的人性。贾若萱以饱含怜悯与同情的语调,细腻地传递出生命的痛感。那种克制、淡定的语调与紧张、压抑的情节之间构成强烈张力,使得这部小说显出奇崛。

《暴雨梨花针》在艺术上更臻成熟。小说讲述"我"去参加父亲的第三次婚礼,婚礼中儿时好友胡谨芳突然出现早产征兆。在送胡谨芳去医院的途中,她生下一个女儿……同样是戏剧性很强的故事,贾若萱依然以平实的语调徐徐道来:"这个酒店位于市中心,餐厅在二十一楼,可以俯瞰整个石家庄。"开篇介绍物理视角,其实也表明了叙述者的心理视角——"我"在婚礼上将俯瞰所有人物,漫不经心地讲述他们的故事。每个人的故事都折射着不同的爱情婚姻观。父亲的新任妻子李苗认为:"我觉得结不结婚无所谓,反正可以离婚。"而"我"同时交往几个男友,宁可长期"约炮"也不愿结婚。在本质上,"我"和李苗是同一类人,凡事"心不在焉",对爱情并不认真,更遑论责任。而"我"的好友胡谨芳恰恰相反,她坚信"爱是付出,是忍让,是牺牲,是患难与共",可在现实中被理想主义撞得头破血流——为了爱情她放弃学业,最后遭丈夫背叛而离婚。"我"的母亲则提供了另一种理论:"爱不是患难与共,是合作双赢,忠诚也不是忠于别人,而是忠于自己。"她明知丈夫出轨而不动声色,悄悄安顿好一切后远走美国。经由平实语调呈现的不同爱情观多声部共存于作品中,看不出作家的明显倾向——也许,这正是当下具有包容性时代的真实写照。尽管贾若萱隐藏了态度,可这并不妨碍她的笔触直击生命的痛点——我们可以漫不经心地谈论爱情,但是不能忽略新生命的诞生。所以才有了小说的华彩结尾:天空下着瓢泼大雨,婴儿在车中分娩。如此惊心动魄的非常情境,在她的叙述中依然波澜不惊:"我想起了破旧的公交车,想起了大提琴,想起了翻滚的绿叶,想起了妈妈的眼睛,最后,我把这一切统统忘掉了,只是静静地看着她,什么都说不出口。"平实的语调中透出宽恕与和解,更含有深情与希望。在贾若萱漫不经心的平静声音后面,隐藏着一双敏锐的、深情的、审视的眼睛,那目光不时让人产生"脊椎战栗"的感觉。

《所有故事的结局》是一部成长小说,通过两个三角形人物关系来结构小说,实现了复调叙事效果;《圣山》以写实与虚构并行的方式展开叙事,反思生存的无意义感,对存在本身进行质疑。这两部中篇小说的语调大体是平实的,但因为有着更长的叙事时间和生活时间,中间出现一些变调。其实在我看来,贾若萱的叙述姿态可以更加放松,于漫不经心中出其不意。平实并不会戕害审美，造作才是艺术的大敌。《圣山》似乎就有这样的问题，太想表达某些东西，过于追求戏剧性效果，反而失去了从容和自己的语调。

有人说过，贾若萱像《功夫》里的那个武学奇才，稍加点拨，就能举一反三、自创招数。她的代表作《暴雨梨花针》的题目出自古龙的《楚留香传奇》。所谓暴雨梨花针，"出必见血，空回不祥；急中之急，暗器之王"。这个标题大约是她行走江湖的宣示，她应该坚信自己的语调的魅力，于漫不经心之中，说不定就铸成了"暗器之王"。

2021/10/5

具有生命温度的真诚书写
——评兰善清的《千古一地》

历史文化散文的出现,拓展了散文写作的边界。在这类作品中,知识、经验、见识显然比抒情显得更重要,写作者在注重审美的同时,更强调审智,因而文本往往具有知性美和智性美。像房龙的《人类的历史》、茨威格的《人类群星闪耀时》、汉密尔顿的《希腊回响》,都堪称西方历史文化散文经典。国内也出现了像余秋雨、祝勇、赵柏田这样各具风格的历史文化散文作家,受到诸多读者喜爱。但是,随着历史文化散文成为流行性写作,其弊病也越来越明显,譬如过度专注于对历史事件、人物、场景的描绘,缺乏对历史主体的洞察和发现;文章往往旁征博引、罗列材料,而忽略了将写作者的个体生命体验融入其间。凡此种种,都削弱了历史文化散文的文学品质。兰善清是一位具有执着文学理想的作家,对于历史文化散文写作有着自觉的反思,他积数年之功创作的散文集《千古一地》,自有特色,堪称一部丰沛厚重之作。

读罢这部洋洋40万言的著作,可以借用两句话来形容,一句是"思接千载,视通万里",另一句是"笼天地于形内,挫万物于笔端"。从纵的方面来看,这部散文集从混沌初开、麇国建制一直写到郧阳当代,就像一部形象化的郧阳社会发展简史;从横的方面来看，它涉及郧阳的历史、政治、经济、文化、艺术等方方面面，尤其是生动地记录了与郧阳有关的许多文化名人的逸事，善于从大处着眼，从小处落墨，具有言微旨远、意味深长的审美效果。兰善清显然有一颗为自己的家乡郧阳立传的写作雄心，深情款款，文字蕴藉，那一篇篇生动的故事和一个个鲜活的人物无不凸显出大郧阳的文化和精神。因此，这部作品的出版，不仅显示了作家对于自己过去散文写作的超越，而且对于郧阳地方的文化和文学建设具有标杆性意义。

《千古一地》史识、文采、诗心兼具，呈现出大开大合、大气磅礴而又意境悠远的美学特色。

著名史学家刘知幾认为，研究历史必须兼具"史才、史学、史识"，其中第三点尤为重要。同样，一个历史文化散文写作者倘若缺乏史识，必然会导致对历史认知的偏差，其写作也必然失去高度和深度。兰善清无论是潜入故纸堆中爬梳史料，还是走进现场进行田野调查，始终秉持自己的审美观照，立足郧阳，俯瞰古今，环视世界，充分消化各种材料，在纵横对比、上下勾连中融会贯通、为我所用，呈现出鲜明的主体性。像《郧阳先祖国》《柳絮池塘淡淡风》《迁徙，人类一个固有的命题》等，既希冀穿透历史的褶皱有所发现，又力图对当下社会人心发展有所启迪，显示了一个成熟作家不同寻常的识见。兰善清的笔端灌注着强烈的人类意识、反思意识，因而呈现出一种大视野、大格局、大境界和大情怀。

历史文化散文写作面对的是"死"的史料和人物，因此怎样将素材"活化"，考验着作家的功力。兰善清善于展开联想，总能从一个个小小的点将思维和情感发散开去，将有限的、干瘪的材料充分故事化、细节化，使之具有文学的感染力。譬如《郧阳先祖国》中对古诗《野有死麇》的演绎，就像一篇优美生动的叙事散文，极具画面感和冲击力；《孔子过汉江》运用小说笔法，绘声绘色，人物形象跃然纸上。作家还精通描写技巧，可谓笔法参差、摇曳多姿，至于语言的典雅、优美、凝练，更是值得称道。正因为如此，这部主要以历史为表现对象的散文集毫无头巾气和冬烘气，而是洋溢着元气淋漓的文学之美。

在这部作品集中，兰善清将浓郁乡愁、赤子情怀、生命体验和历史思考统摄于一颗诗心，对自己的故乡进行了一次深情回望和深入探究，为当今正江河日下的历史文化散文写作提供了一种具有生命温度的真诚书写样本。

当然，就像苏格拉底所言，"未经反思的生活是不值得过的"，未经反思的历史书写同样也是没有意义的。在这部作品集中，作家显然有着自觉的反思意识，但是具有现代性的整体反思还是显得较弱，因而有些篇章流于一般化。另外，也许是作家对故乡土地上的点点滴滴爱之太深，因此对自己的每篇文章都无比珍视、难以舍弃，其实依我看来，如果删去四分之一文学性偏弱的篇章，这部散文集将更加珠玉灿烂。

2017/6/11

寻找那属于自己的"屋子"
——评王哲珠的《寄居时代》

王哲珠的小说看似比较单纯——简明的结构、简单的人物关系和简洁的意象已然构成了一种简约主义的叙事风格，但这并不意味着她放弃了深度追求。在《老寨》《祭坟》《月光光》《无法言说》等小说中，她关注的是旧有生活方式的失落带给人的伤感和困惑，希望用文字留住乡村淳厚的生活记忆，以及浸透在日子里的温情和传统的伦理价值。她反复书写着乡愁、逃离、失落与孤独，苦苦寻觅着现代人的精神家园。与一些同龄写作者相比，王哲珠既不炫耀技巧，也无意精神撒娇，更少有物质气息，文字显得淡定而清新。她的新作《寄居时代》，再一次显示了她以简驭繁、以小见大，追求个人化美学风格的努力。

《寄居时代》看上去颇像一部成长小说，采用的是第一人称叙事，讲述"我"一直苦恼于没有一间属于自己的"屋子"。小时候，为了躲避计划生育检查，"我"经常和奶奶躲在山上的"泥屋"里；长大后为了在县城求学，只好寄宿于舅舅家；读师范后，放假不得不去小姨家借宿；等到母亲在县城里买下了房子，"我"觉得"这房子很陌生，我没法习惯这是我的家"；毕业后到一个偏僻的乡镇当老师，学校给了"我"半间办公室做卧室，可"我"觉得这也不是"家"，最后决定辞职去外地的一家私立学校……"我"厌恶寄居生活,即便舅舅、小姨对"我"再好,"我"依然感到孤独,无法找到"家"的感觉。"我"渴望拥有一间自己的"屋子",可是始终不能如愿……小说采用的是单线条叙事,情节简单、波澜不惊,人物关系也很单纯,几乎没有戏剧性冲突,但叙事如行云流水,十分流畅,绵密的细节设置,清新朴素的语言,自有一种阅读吸引力。

"屋子"是这部小说的核心意象,具有强烈的隐喻意味。首先,它是物质层面的,是温暖、舒适的庇护所,能给人带来安全感。从远古时代开始,无论是农耕民族还是游牧民族,都会以不同的方式建构自己的"屋子"——石窟、泥屋、茅屋、木屋、毡包等,有了"屋子"也就有了"家",它使得在大地上奔走、劳作的人获得安全的栖所。随着社会的发展,"屋子"也成为财富和身份的象征。譬如小说中的母亲竭尽所能在城市里买下房子,这意味着他们一家人走出乡村进入城市并拥有了安身立命之地,也拥有了和城里人一样的尊严。由于小时候上山躲避计划生育的特殊经历,"我"留下了心理阴影,所以才对"屋子"特别敏感,以致后来宁可流落街头,也不愿去亲戚家寄宿。"我"渴望安全感,更渴望尊严。其次,它是文化层面的,是乡愁的象征。我一直怀念故乡的老屋,因为它是永恒的温暖的"家",承载着"我"生命的最初记忆,承载着难以割舍的情感和那片土地所孕育出的伦理价值。哪怕当"我"师范毕业之后,因为传统观念问题而不能回去工作,哪怕它已显得"荒芜","我"依然充满眷念,因为它是永远的心灵慰藉。再次,它是哲学层面的,是女性精神独立的象征。伍尔夫有一部广有影响的著作叫《一间只属于自己的房间》,激烈地发出了女性主义的宣言,"自己的房间"因此成为具有特指意义的符号。但是，王哲珠在使用这个"符号"时，并没有刻意站在性别立场上表现对男权意识的反抗，而是聚焦于对人的精神独立性的反思。无论是物质、亲情还是爱情，都不能成为"我"追求独立和自由的羁绊，"我"需要的是一个身心皆能自由翱翔的空间。"屋子"的丰富象征意味，使得这部小说更具思想张力，也使得她的简约叙事不那么简单——她经由日常生活经验通向了对人的生存问题的深入思考。

尽管"我"渴望一间自己的"屋子"，渴望"家"，但"我"并不满足于现实中的"屋子"和"家"。从"我"爱上画画开始，也许就已注定了"我"的命运，那就是流浪——去远方，寻找……这个过程本身也意味着结果——抵达自由之境。

小说中不断写到"我"的绘画作品，这也是重要的隐喻符号。在"泥屋"的时候，"我画了第一张完整的家"，"奶奶很满意，承认跟我家的院子一模一样，只是不明白我为什么把院子画在半山腰"，这就暗示了"我"心中的"家"并不完全等同于现实中的那个"家"。上中学之后，"最喜欢画一个孩子，看不出是男是女，只知是个流浪儿……走到哪算哪，想去哪就去哪，想怎么待就怎么待……""流浪儿"是自由的，所到之处皆可以为"家"。读师范之后，"我画一个奔跑的女孩，她跑得那么快……她像在草原上奔跑，但远处全是楼房，楼极高，直触天上的云，楼极密，像错杂的蛛网"，"女孩"使劲奔跑，更像是要试图挣脱蛛网一样的生活。到饼干工厂打工时，"画包饼工，画宿舍里那些女孩，发现画这些时，我的画里有热腾腾的生活气"，实实在在的生活将"我"从不切实际的幻想中拉扯了出来。去公园里写生，把湖对面的商店画成古堡，想象"我"是古堡的主人，这依然表达的是"我"对另一种生活的幻想。一个月明之夜,"我"站在操场上产生幻觉:"我长成一棵树,亮绿色的枝叶,在月光里招招摇摇……""我"决定画下自己长成一棵树的样子,题目叫《人树》。"我"画画的过程就是精神探索的过程,"人树"的诞生象征着"我"在精神上的成熟与涅槃。它不仅隐喻了人与自然的融合,也隐喻了新生——也就是海德格尔所谓的返回"林中路",心灵最终获得安栖。

在小说的结尾,王哲珠借凤凰树之口说道:"那时,人类走得到的地方就待得住,没有房子,但所有地方都是他们的。"为什么当代人不可能这样呢?因为我们失去了广袤的原野,失去了自由自在的奔跑,失去了对远方的渴望。在本质上,我们都没有自己的"屋子",只不过是滚滚红尘中的寄居者——这是一个"寄居时代"。凭借婉转而平静的叙述,王哲珠传递出了由生命深处渗出的感伤和忧虑。

《寄居时代》并不是一般性的成长小说,它摆脱了青春叙事对封闭的私人经验的迷恋和对自我情绪、感受的恣意放纵,而是像谢有顺所指出的,"她(指王哲珠)渴望接通现实这一粗大的血管,探出头去,以实现对私人经验书写的超越","把时代性议题融入个体或家庭的遭际之中,以期让写作重获关注严峻现实、思索生存命运的能力"。正是在这个意义上,她超越了对于对生活的简单摹写,在更广阔的时空中思考人的存在,并对现代性进程中人的心灵困惑展开了自己的追问。

极简背后的匠心与温暖
——读黄海兮的《画眉》《西凤,西凤》随札

一

怎样以独特的美学方式处理日常经验,穿透芜杂表象直指时代本质,怎样在书写个体命运、关注个体价值的同时,抵达对人类终极价值的关怀,这是每个写作者都会遭遇的难题。

黄海兮当然不能例外。从这两部小说的书写方式来看,他显然在努力探索属于自己的法门。

《画眉》将叙事焦点集中在疯子阿媚身上,辅线讲述肾病儿童大头的故事;《西凤,西凤》围绕一个女人与四个男人展开叙述,其中两个男人都"有病"——丈夫脑部严重受伤,形同白痴;儿子罹患脑病,时发癫痫。这些"病人"非常态地扭结人物关系、推动情节发展,大大降低了写作难度。俗话说,画鬼容易画人难,写小说亦如是。要想把日常生活写得真实可感不易,要想把日常生活中的正常人写得栩栩如生、意味隽永更难,而非常态人物天生具有戏剧性因素和象征性内涵,稍加点染便形神毕肖、意蕴丰富,那些受制于生活逻辑的叙事难题也因他们的出场轻易迎刃而解。这些"病人"在凸显日常生活奇观的同时,还以

隐喻的方式批判社会现实，实现了多重叙事功能。

想当年，鲁迅就是以"狂人"（《狂人日记》）开启中国现代白话小说之门。到了当代，莫言、贾平凹、韩少功、阿来、余华等大量作家的小说中，多有类似非疯即痴、非癫即傻的"病人"形象，都曾名噪一时。黄海兮窥破了这一"秘密"。当然，他并没有沿袭前辈作家的极致化写作模式，而是围绕这些"病人"简约书写日常生活，探讨人的悲剧性存在状态和救赎的可能。

黄海兮集中书写"病人"，与其说他是在选择一种生活内容，不如说是在选择一种处理日常的方法。这种方法有助于释放写作者的想象力，当然，也会给人留下太阳底下无新事之感，甚至让人质疑作家处理复杂现实的能力。

因此，我更愿意相信，黄海兮在窃喜于自己的写作策略时，并没有遗忘小说真正的奥秘——发现日常生活中的奇观，挖掘寻常人性中的奇崛，并以独特的审美形式予以呈现。换而言之，只有这些才是真正构成这两部看似俗套的命运悲剧吸引人阅读的理由。

二

一部好作品好比"一座冰山"，露在水面上的只有1/8，7/8藏在水面下，作家只需去表现"水面上"的那一小部分，其余的都可以交给读者。这是人们熟悉的"冰山理论"，也道出了简约叙事美学的要义。中国水墨画的计白当黑，与之同理。

美国的海明威、卡佛，中国的孙犁、汪曾祺，都将简约叙事的魅力发挥到了极致。黄海兮显然心仪这类作家,受到他们的美学观念影响。他的这两部小说,都呈现出简约叙事的特点。

简约叙事的要义在于"限制"。限制叙事并非画地为牢、贫乏单薄,而是删繁就简、以一当十。用黄海兮自己的话说,就是通过节制而精确的表达,实现"小声于内,大惊于外"。

限制叙事往往经由叙事视角的精心选择来实现。文本中所表现的一切,被谁的眼光"过滤"或经由谁来讲述,不仅是单纯的视觉呈现和话语呈现,更是复杂的心理或精神呈现,直指文本内核。

黄海兮熟谙"限制"技巧。《画眉》和《西凤,西凤》都采用了内聚焦叙事,前者为第一人称,后者为第三人称。所谓内聚焦,就是通过故事中某一人物的视角观察身边的事物,文本向读者呈现的所有内容都是此人的所见、所闻、所思、所感。它不同于全知全能型叙事,读者因视域受到叙述者"限制",对于发生在此人视域之外的事物全然不知;它也不同于外聚焦叙事,能够相对客观地呈现生活,而是受限于叙事者本身的情感态度,具有很强的"主观性"。"限制"和"主观"既是功能性的,也是意义性的。

《画眉》的叙事者是"我"(毛蛋)。通过"我"的所见所闻,讲述阿媚的悲惨遭遇和家人、村人对她的态度。阿媚是"我"四姨的女儿,精神有障碍。她因不能生育被丈夫抛弃,后来又被人骗到黑砖窑打工,遭侮辱而怀孕……流浪到"我"住的村子后被"我"妈领回家照顾,但不被村里的人理解和接受。村里出现一些怪事、坏事,大家都认为是"灾星"阿媚带来的,就将她赶走了。后来,"我"的小伙伴大头患肾病死去,有人说,

"大头的亡灵还在村子游荡,只有阿媚的眼泪才能超度他"。为了让阿媚哭泣,村人打折了她的腿……"我"在文本中具有双重功能:一方面,"我"是生活的窥视者和故事的叙述者,阿媚的遭遇以及与之相关的一切都是通过"我"的眼睛来呈现;另一方面,"我"也是故事的驱动者,"我"寻找阿媚、与大头的爸爸喜果发生冲突,在一定程度上加剧了阿媚的悲剧。黄海兮选取混沌少年"我"的眼睛来观照一段日常化的乡村生活,不仅以"童心"过滤掉了复杂的时代背景,使故事变得集中、简明,而且以"童心"映照世道人心,批判成人的愚昧和人性之恶,深化了小说主题。这个被"过滤"的命运悲剧并无多少新意,但是它生动地塑造了一个顽皮、敏感、善良、富有怜悯之心和正义感的儿童形象。这篇小说没有像通常的内聚焦第一人称小说那样展开细腻的心理描写,而是收敛笔墨,"限制"心理活动。即便如此,"我"内心的细微变化还是有迹可循,实现了黄海兮自己所期待的精确表达:阿媚刚出现时,"我"不解母亲为何假装不认识她;后来,母亲给阿媚送吃的却又瞒着村人,"我实在想不通"她"怕什么";再后来,阿媚被人打折腿,"我为自己的行为感到无力"。当小说不断强化"我"的疑惑时,其实就是在暗示懵懂的"我"已开始探索存在之谜,已感知到命运的不可把握和人的力量的局限。始终不动声色地将"我"以一种看似轻盈的方式置于沉重的悲剧性存在之中,并自然而然地促发"我"反思,这是黄海兮的匠心所在。

如果说《画眉》的"限制"所产生的艺术冲击力还稍显纤弱的话,那么《西凤,西凤》则迸发得更加有力。

少妇何宁是《西凤,西凤》的叙事者。她的丈夫威因工伤脑部受伤，几近白痴，治疗无效去世；她的儿子威宁患有脑病，在她的精心照料下，病情渐有好转。就在她接手经营花鸟店、生活刚刚出现转机时，一场拆迁导致威宁意外死亡……在叙述何宁故事的过程中，还通过她的视域插入了花鸟店老板向坦、按摩店老板李东坤以及幼儿园园长毛国的故事。这部小说中的人物关系比较复杂，换作其他写作者，可能会反复渲染，制作出一个盘根错节、波澜起伏的文本，但是，黄海兮将所有的故事都限定在何宁的视点之内，叙事不蔓不枝，语调云淡风轻。悲剧总在不经意间骤然降临——这是日常生活的本相，剧中人只能默默承受——这也是普通人的命运。未经渲染的"不经意"，反而有着晴空霹雳的效果。大象无形，大音希声，说的就是这个道理。限制叙事还留下大量情节空白，譬如向坦妻子的"死亡"与"复活"以及他因盗窃入狱、李东坤的情事与突然失踪、毛国的民工幼儿园的倒闭以及再求职，在小说中都没有充分交代。为什么让这些情节缺失？何宁"没有兴趣"去了解。为什么没有兴趣呢？因为在命运的重压下，她早就变成了一个几乎与社会隔绝的"封闭"人——不仅视野封闭，情感也是封闭的。"她想给自己穿一身隐身衣"，"她害怕熟人知晓她那颗透明而易碎的心"。这正是底层弱者的一种真实生存状态。借着酒精的作用，她在本能驱使下正欲与李东坤发生肌肤之亲，但是儿子威宁突然出现，迅速掐灭了她的欲望火星；她和向坦、毛国的关系，甚至还没开始暧昧就已经结束。小说中通常会发生在女主人公身上的浪漫故事，在何宁这里甚至都没有萌芽。正因为强力"限制"，何宁孤独的处境，还有她敏感、自尊而又顽强、坚韧的性格得以凸显。一方面，她绝不放弃，"她一旦决定，她毫不犹豫地去做"，而且"她坚持了下来"；

另一方面，她懂得"活着比死亡更难"，所以学会了妥协，在丈夫威去世后依然不失梦想，在儿子威宁死后再婚并怀孕——默然与苦难达成和解。这个"受难者"形象不同于鲁迅笔下的祥林嫂，不同于艾青笔下的大堰河，也不同于莫言笔下的上官鲁氏，她是我们正在经历的日常生活状态中的"这一个"。当然，我们还应注意到，在"限制"叙述中呈现的何宁虽然细腻丰盈，但她并非从现实生活中自然生成，而是被作家赋予了强烈观念的人物——一个坦然承受苦难的当代理想女性形象。在小说结尾处，当何宁回答完男人"猫有九条命，好养"之后，男人又问她为什么不养鸟，"何宁说，鸦巢生凤，归去来兮"。与其说这是何宁历经苦难后的感悟，莫若说这是作家灵感爆发，借人物之口来的一次晦涩炫技。当写作者比叙事者更加强势时，"限制"中的主观性会强烈地呈现为写作者的"主观性"，从而影响叙事的有机性与整体感。

强化"限制"叙事，通过省略情节、节制心理描写和环境描写，在文本中大量留白，改变了现实主义小说穷形尽相、明晰细腻的特点，创造了一种简约、明快的风格。但是，它就像一把双刃剑，在删繁就简、计白当黑的同时，也会剥离掉生活中许多毛茸茸的细节，使得叙事丧失应有的丰富质感。黄海兮意识到了这个问题，有意在文本中穿插一些富有生活意趣的元素，譬如鹦鹉、猫，譬如秦腔——当然，如果每个生活元素的意义所指都更精准，那就更见艺术匠心了。

三

如果将《画眉》和《西凤,西凤》进行归类的话,它们大体可以归入苦难叙事范畴。

苦难是中国现当代文学的重要母题之一。自新文学发轫,苦难就被作为重要的生活经验加以叙述,而且总是被国家、民族、社会、历史、阶级、革命等所修辞,蕴含着鲜明的家国情怀。到了新时期之初的伤痕文学、反思文学,苦难叙事依然因袭这个路径展开社会、历史批判。进入20世纪90年代,张承志、张炜、史铁生等人将苦难叙事由经验领域引向超越领域,探寻苦难救赎的可能,以抵抗世俗功利主义。至此,苦难叙事开始摆脱意识形态桎梏,呈现出理想主义色彩。但是,随着市场经济全面展开,苦难在商品化狂潮中也沦为特殊消费品,尤其是当它与底层写作结合之后,悲剧性内涵被话语狂欢消解,苦难叙事完全丧失精神深度,呈现出消费性、娱乐性特征。一直延续到21世纪,苦难叙事成为流行风尚。

同样是书写苦难,黄海兮并没有随波逐流,以消费苦难的方式来实现对苦难的消解,而是试图另辟蹊径,探寻超越苦难的可能性。他既远离了宏大叙事的苦难,也远离了精神意义的苦难,而是回归到"活着"——纯粹生存实践意义上来叙述苦难。这样的苦难大多源自生存本身的匮乏,比如物质缺失、环境恶化、性欲不能满足、天灾人祸、疾病等,并不指涉复杂的历史与现实内涵。从生存层面介入苦难,在日常生活中直面苦难并寻求与之和解,正是《画眉》和《西凤,西凤》令人耳目一新之处。

在《画眉》中，阿媚不知所终，这是命运悲剧使然。作为"疯子"的她根本无法像正常人一样感知苦难，自然也无从抗争并实现自我救赎，而"我"作为一个儿童，当然也没有拯救的能力，所以这个苦难叙事其实是未完成的。但是，丧失了正常意识的阿媚依然爱美，喜欢画眉（标题《画眉》具有双重内涵，既指画眉这个动作，也指画眉鸟——在中国传统诗文中，它是不自由的象征，如"始知锁向金笼听，不及林间自在啼"。这也隐喻了阿媚的生存状态，为命运的牢笼所困），这是苦难中的微光，足以让人窥见希望。还有"我"的母亲对她的照顾，传递出温暖。对于一个初涉人世的孩子而言，这些都将成为他在成长过程中对抗"生命之重"的无形力量。《西凤，西凤》中的何宁始终保有对生活的激情与梦想，"（丈夫去世后）她下楼一趟拿了快递……这次有些不同，她为自己买了瑜伽垫和健身服，她很快又能像从前那般放飞自己，生活也许需要那么一点激情和爱好"。她坚持不放弃对丈夫的感情，坚持对儿子进行治疗，坚持把鲜花店开下去，坚持又怀上一个孩子……对何宁来说，"坚持"是抵抗命运魔爪的终极武器，她因此获得温暖和力量。人生充满不确定性，悲剧随时可能上演，唯有坚持，生命不再孤寒。《西凤，西凤》这个标题与《画眉》一样具有隐喻性，只是它的能指与所指之间的关联让人略感费解。何宁的故乡在江南的章镇，生活在陕西（市民唱秦腔暗示了地域），她默然反抗人生苦难而获得救赎，曰西部之凤倒也贴切。何况，那里还盛产著名的西凤酒呢。"西凤"向我们昭示：默默坚持，负重而行，这是命中注定，也是最终救赎。

康德在讨论悲剧的崇高美时说过，"他人的不幸在观众心中激起同情，陌生人的痛苦使公正善良的心房更加剧烈地跳动，观众潜移默化地受到了感动，感觉到自身本性的尊严"。这是理想的审美之境。当下大量的苦难叙事放弃了这样的美学追求，只会让我们为人生的困厄、人性的黑暗和人的尊严丧失而倍感痛苦、压抑和绝望，严重偏离了文学的本义。黄海兮显然意识到了这个误区，他为文本注入了更多温暖，这温暖源于善良，源于自尊，更源于坚持。《画眉》和《西凤，西凤》都以简约的方式确证：在这个世界上，人的生存和幸福才是最高准则。

黄海兮所叙述的日常生存苦难，不仅激起我们的同情、怜悯和感动，还让我们感受到作为人的尊严——这也是他吸引我展开言说的一个重要原因。

四

这两年，作为小说家的黄海兮迅速在文坛崛起。翻开各大文学期刊，频频可见其新作，简约叙事风格颇引人注目，漾起一股清新之风。这是值得欣喜和祝贺的。

他在用心建筑自己的纸上世界，像章镇、毛村，已然生机勃勃。但它们何以不同于鲁镇、枫杨树、白鹿村、天门口呢？相信黄海兮会找到马祖说的"自家宝藏"，支撑他的"世界"卓然不群。

以上零碎阅读感受，是为札记。

2021/2/16

"张叉叉"引发的思考

《张叉叉列却传》是"非著名"作家郭大国的长篇小说处女作。它以彩线穿珠的结构方式,运用白描的手法,通过一个又一个生动有趣的"列却"故事,塑造了一个栩栩如生的乡村小知识分子张叉叉的形象,读来让人忍俊不禁,却又沉入深深思索。

中国知识分子深受"达则兼济天下,穷则独善其身"的观念影响,要么忧国忧民,要么愤世嫉俗,要么隐逸山林,都有一个共同点——人生应该"有为"。也就是说,人们总是奔一个明确的目的而活着。换句话说,这样的生存状态充满了功利性。

作为小知识分子的张叉叉显得非常另类——他没有宏伟远大的理想,没有忧国忧民的情怀,更没有刚健进取的态度,他的思想很单纯,生活很简单,人生也没有明确的目的性。他出生在乡村,智商、情商都很高,有一定的文化,热爱生活,幽默机智,洒脱飘逸,善良达观,但又生性顽皮,放荡不羁,有些玩世不恭、游戏人生。他悠游乡野之间,列却父老乡亲,不思建功立业,唯求乐天安命,活得真实、快乐、自由。他是一个怪人,一个异类,一个"列却鬼"。以世俗的眼光去看,他当然不是一个成功人士,甚至就是一个失败者。

现实社会总是不尽如人意的,人生更是多与苦难相伴。面对生活中的矛盾和困窘,张叉叉选择了"列却"的方式,以真诚而爽朗的笑声，以机智而幽默的语言，回应着种种挑战，最终与生活达成和解，抵达生命的自由之境。你看，他在临死之前，还不忘列却——要儿子媳妇去邻居家借秤，说他要称腿（"伸腿"的方言，即死亡的意思）。这是一种多么旷达的生命态度，也是一种现实中自我解放的生命境界。有人会说，像张叉叉这样度过一生，碌碌无为，平平淡淡，到底有什么意义呢？但是，我们是否想过，在这个熙熙攘攘、疲于奔命的世界上，还有什么比快乐和自由更有意义呢？

显而易见，张叉叉的人生是一种带有审美意味的人生，在某种程度上具有超越性。这也是他的故事经久流传、魅力不衰的重要原因之一。张叉叉试图走向超越的方式是另类的——"列却"：幽默、滑稽、调侃、恶作剧。"列却"的背后其实隐含着彻悟人生的大智慧。在中国民间文学中，这种智慧人物有着源远流长的传统，像东方朔、徐文长、阿凡提。张叉叉的原型本身就极具魅力，经过作家艺术创作之后，性格更加鲜活，与民间文学画廊中的这些经典人物形象相比，更加具有时代特色。

我们处在一个功利主义盛行的时代，凡事都要追问意义——这种思维方式，给我们的心灵套上了巨大的枷锁。郭大国笔下的张叉叉无疑会引发我们的诸多思考：人究竟应该怎样生活？人生的意义究竟是什么？无目的难道不是一种目的？无意义难道不是一种意义吗？

在这样的时代，作家选择张叉叉作为书写对象，当然也是一种另类的选择。背对流行观念，背对时尚题材，返回到荒僻的乡野，返回到记忆的深处，返回到自己的精神之乡——去开掘被流行的文学观念遮蔽或忽略的有价值的文化存在，彰显其精神内涵和审美追求，这也是需要智慧和勇气的。从主流文学观念来看，这样的写作既不讨好也不讨巧，可能难以得奖，甚至不会畅销。但是，作为一种自由的心灵书写，不带强烈目的性、功利性的写作反而能更好地实现作者的创作意图——写出一部好书，影响人的心灵。

从更广阔的视域来看，《张叉叉列却传》还为我们反思当下流行的"纯文学"写作提供了一种颇有意义的参照。

这部作品与目前流行的"纯文学"意趣大异，无论是主题思想、结构模式、人物塑造或叙事方式，都继承了中国的文学传统。郭大国以一种非常中国化的方式讲述了以张叉叉为代表的一群中国人的非常中国化的生存经验。

我们知道，20世纪80年代以来，在西方哲学思潮和文艺思潮的猛烈冲击之下，"纯文学"成为主流观念。它强调主体性，回到内心，书写自我，强调想象力和形式技巧，强调文学的审美性。与之相对应，不再强调文学对生活的介入，更不谈文学在意识形态建构中的作用和意义——也就是著名学者汪晖所说的，"文学去政治化"。先锋文学将这种观念发展到了极致，其影响延续至今：一是在观念层面奉西方价值观和艺术观为圭臬，尊崇普世价值，写作转向内心、疏离现实，这在当下的纯文学写作中依然余韵连绵；二是过度强调形式感、想象力，影响着今天的消费文学，像玄幻小说、穿越小说等。二十多年过去了，回过头来检视这种文学观念，很难说它没有问题。面对一个民族巨大的文化传统，你是认同还是背弃，其选择行为本身就是一种"政治"，就有意识形态的意义。如今，我们还有多少作家是在用"中国人"的脑袋思考"中国的"问题，是在用"中国式的笔"描写

"中国人的心灵"呢？我们的评论家又有多少人是在用"中国的"价值观、道德观、美学观来评价文学作品呢？中国本土的文化和经验被视为落后的东西，要么遭到粗暴简单的否定，要么被别有用心地遮蔽，直至被遗忘。这是文学完全"去政治化"的后果之一。其实，文学是不可能存在于审美的真空之中的，也不可能完全地去政治化、去意识形态化。在今天，人们在自觉不自觉之间已经达成了某些共识：诺贝尔文学奖成了中国文学的最高标准，奥斯卡奖成了中国电影的标准，欧洲的双年展成了中国美术的标准……这实在是一种值得质疑的倾向。从事文艺工作的人常常抱怨文学艺术被边缘化了，其中的原因当然是多方面的，但是，大家似乎忽略了最根本的一点，那就是我们的作家、艺术家忘掉了自己，忘掉了自己的族群，失魂落魄于欧化、美化、全球化的文化浪潮之中了。既然"非我族类""其心已异"了，读者怎么可能接受你，喜欢你的作品呢？因此，作家在面对生活和进行创作时，应该引起警觉了，不要被流行的观念所束缚，要保持质疑的品格，坚持独立思考。言说、评价文艺的方式应该拥有更多的维度，譬如在审美的维度、文化的维度之外，不应该完全忽略政治的维度。当然，这里说的"政治"不是日常生活中所说的政治经济学那个狭隘的"政治"，而是一种文化政治。

从这个意义上说，《张叉叉列却传》是一部值得肯定的作品。也许它在思想深度上、艺术技巧上还存在种种不足，譬如，叙述有些流于自然主义，描写显得比较芜杂，部分素材如果进一步集中、提炼、升华，艺术效果可能会更好。但是，作者的价值取向是值得称道的，他以中国化的形式表达着中国的价值伦理、道德观念乃至审美情趣，书写出了中国人的生存智慧和生命境界。换一个角度说,郭大国传达出的是一种有别于流行的、时尚的观念,彰显出了一种民族文化自信。当然,他首先有着文化的自觉。

著名作家张炜说过:"写作的路要正。"郭大国虽刚走上创作之路,但他比许多自以为是的作家走得要正。

悠游小说林

张炜的童心

第一次见到张炜，就为他孩童似的清纯、明媚而温暖的笑容所感染。这让我立刻联想起他的作品，那字里行间确乎是跳跃着一颗颗童心的。无论是《古船》，还是《你在高原》系列，都或隐或现地存在一个少年视角。他总是怀着原初之心进入复杂的历史和现实，从而获得一种新鲜、活泼、质朴、深刻而厚重的感悟。最近几年，他更是专注地创作了一系列儿童文学，如《少年与海》《半岛哈里哈气》《寻找鱼王》等，倾心讲述少年的成长故事。

不久前，《寻找鱼王》获得全国优秀儿童文学奖，又一次引起文学界热议。这部小说的故事其实很简单，一位少年寻找两位"鱼王"拜师学习捕鱼绝技，最后找到了大河里真正的鱼王，同时也获得了启示——不再想"当一个捉大鱼的人"，而决心做"一个看护大鱼的人"，帮助鱼王守护大山里的水根……在漫漫寻找中，少年不仅习得了捕鱼技艺，更重要的是学会了自我反思，领悟了爱与牺牲的内涵，萌生了对自然的敬畏之心。少年最终"寻找"到的不是世俗的成功学，而是心智的逐渐成熟、人性的健康萌发，还有人与自然的和谐相处之道。这部小说没有曲折离奇的故事，引人入胜的是那些鲜活的生活细节与饱满的诗情哲理。在阅读的过程中，我总是情不自禁地联想起张炜那闪烁着好奇、热情和纯洁的目光，再一次强烈地感受到他那颗怦怦跳动的天真烂漫童心……

其实，我们的文学丢失"童心"久矣。所谓"童心"，根据李贽所言，就是"绝假纯真最初一念之本心"。这种"本心"未受尘俗污染，因而是完美的，具有创造一切美好的可能性。在这个物欲而功利的时代，张炜或许就是要以他的儿童文学写作，再度唤起人们的"童心"，唤醒麻木和迷茫，在顽强而决绝的抵抗与寻找中重返文学的原初和本义。

张炜的写作似乎也印证着博尔赫斯的一句名言："一切伟大的文学最终都将变成儿童文学。"是的，假如一位作家丧失了童心——失去了好奇、新鲜、天真与热情，那么，即便他一时熠熠闪光，终归也会在时光的长河里黯然失色。

2017/12

人类命运共同体与国际化写作

在获得诺贝尔文学奖之前，英国作家石黑一雄尽管有好几部作品被翻译到中国，但在读者中并没有太高的人气，因此媒体总是将他与声名赫赫的奈保尔、拉什迪打包成"英国文坛移民三雄"来宣传。其实，这是一个略显荒唐的"拉郎配"。如果说奈保尔、拉什迪作为移民作家，来自故乡印度的深邃文化传统影响着他们作品的价值取向和美学风格，那么作为日裔的石黑一雄，几乎就没有特别关注过日本，更遑论日本文化对他的深刻影响了。用他自己的话说，他关心整个人类的命运和未来，更希望成为一个国际化的小说家。

石黑一雄六岁时随家人来到英国，对日本几无记忆。高中毕业后，他背上行囊去美国、加拿大等地旅行，学习音乐，写下大量日记，过着"嬉皮士"式的生活。歌手梦破灭之后，他写了一部小说《远山淡影》，没想到一炮走红，入围英国最重要的文学奖——布克奖。此后，他一发而不可收拾，每部作品都进入布克奖决选名单，直至1989年正式获奖，然后获得诺贝尔文学奖。

《无法慰藉》是他的代表作，具有很强的实验色彩。小说以第一人称讲述钢琴演奏家瑞德在中欧一座不知名的小城中遭遇的种种离奇故事，充满了梦幻色彩。瑞德试图找到梦境的出口，可他最后发现，自己面临着人生最为严峻的一场演奏……这部作品的叙事变幻莫测，充满了象征性，颇具卡夫卡气质；细节描写细致入微，显然受到莫泊桑、契诃夫的影响；对人物病态心理的深入把握，明显看得出陀思妥耶夫斯基的影子；而对于回忆的绵延展开，则让人联想起普鲁斯特；至于语言的简洁含蓄，明显深谙海明威的"冰山理论"；人物身上流露出的感伤之美，又具有日本文学"物哀"的特点。从这部小说可以看出，石黑一雄的文化背景十分宏阔，他吸收了世界各国文学的营养，创造了独具风格的、具有国际性的文学。用他自己的话来说，"它包含了对于世界上各种不同文化背景的人们都具有重要意义的生活景象"，这是全球化时代文学实现创新的一种重要路径。

我们经常说，"越是民族的，越是世界的"，这当然没有错。

但是，文学抵达人类心灵的通道不是唯一的。像石黑一雄这样的作家，站在人类命运共同体这个基点上，以悲悯之心深入探寻着具有普遍性的人在难以抗拒的环境下的复杂生存状态，以一种寓言化的方式昭示着所有的人，应该如何去思考本真的存在和人性的秘密。

他同样让我们看到了文学的光芒！

2017/10/23

为什么要批评莫言

不久前，国内两家文学大刊均以"莫言新作"专栏的形式重点推出莫言的一部戏剧、一组诗歌和一组短篇小说。这是莫言获得诺贝尔文学奖之后，五年来第一次在文学期刊上亮相。

可是，当我读过这批作品之后，隐隐感到有些失望。一方面，我对那些高声叫好的所谓批评家们的审美判断力表示怀疑；另一方面，我也对莫言的文学创造力和精神定力充满了疑惑。作为一位享誉世界文坛的著名作家，莫言一直有着自己的价值观和独具个性的表达方式，尤其是对于传统的反思、批判，凸显出了"这一个"写作者的鲜明面貌；而且，在四十多年的写作生涯中，他总是表现出一股不可遏制的创造生气。而他的这几篇新作，读来实在让人感到沉闷。三个短篇小说在技术上堪称娴熟，语言也炉火纯青，但是熟悉他的小说套路的读者会发现，无论是题材、人物还是立意，都缺乏新鲜感，而且在价值判断上表现出不应有的谨小慎微的犹疑。至于组诗《七星曜我》，看似中西对话，视野开阔，气势磅礴，其实诗味很淡，缺乏独特的洞见，似乎也算不上出彩。最让人大跌眼镜的是剧本《锦衣》。这部戏剧可能脱胎于民间传说，讲述一对男女青年反抗恶势力、忠贞不渝追求爱情的故事，情节一波三折，最后正义战胜邪恶，有情人终成眷属，语言亦庄亦谐，具有浓郁的地方特色，看上去很"中国化"。但是，剧本对主要人物的漫画化处理，不仅简化了人物性格的复杂性，而且使得社会批判流于表面化。与中国传统戏剧相比，这部戏中除了时代场景是新的，实在看不到作家对生活有什么新发现和新思考。总而言之，莫言的这批新作失去了过去那种充盈于文字之间的带有野性的勃勃生气，在精神层面的探索更显拘谨，向"传统"简单"回退"的姿态非常明显。

过去，莫言被人诟病过于西化。其实换一个角度来看，他是试图以一种世界眼光或者说现代性思维来审视、批判传统，从而表达自己对具有共通性的人类价值理想的追寻。其得失成败，可以放在更长的文学河流中来审视。但是，对于一个作家而言，以否定之否定来坚守自己的独立思考和价值立场，或许才是实现自我超越的正道。

莫言的这批新作更像是在表达某种姿态。到底应该怎样实现对于传统文化的创造性转化和创新性发展？简单的"回退"，未必是有效的路径。这也是我为什么要批评莫言新作的理由。

2017/11

曹军庆的"东湖故事"

作家的工作与神具有相似性,只不过作家是在纸上造物。在小说创作中,作家除了借用真实的地名,有时也会创造一些地名,譬如马尔克斯的马孔多小镇、帕慕克的伊斯坦布尔、莫言的高密乡、贾平凹的商州等。即便是真实的地名,也并不完全等同于生活中的地理空间,它们因为投射着作家的主体意识,往往成为内涵丰富的符号。在多年的写作生涯中,曹军庆孜孜不倦地创造了三块地域——烟灯村、幸福县和东湖。前两个地名完全是虚构的,东湖则确有其名,是武汉东郊的著名风景区。在他的笔下,这三个地域空间都是演绎世道人心、透视人性幽微的大舞台。烟灯村对应着乡村生活,幸福县对应着县城生活,东湖则对应着都市生活。近年来,他发表的《落雁岛》《向影子射击》《林楚雄今天死在马鞍山》《老鼠尾》等小说,都是在"东湖"发生的故事。

虽然有"东湖暂让西湖好,今后更比西湖强"的说法,但是西湖早已被充分文化化了,而东湖则像一张白纸。这就给了曹军庆驰骋想象的自由空间。在他的笔下,东湖位居城市边缘,水域广阔,植物葱茏,既有都市的喧嚣,也有乡野的宁静,这里是欲望之域,弥漫着神秘诡异的气氛。在《落雁岛》中,一帮老同学在岛上聚会,本想怀念青春,不料在欲望的驱使下陷入"敌托邦";《林楚雄今天死在马鞍山》,诡异的死亡事件就发生在马鞍山森林公园;《老鼠尾》演绎了一个新版"农夫与蛇"的故事,老鼠尾既指硕鼠的尾巴,也指东湖边的一个小洲,象征着欲望和邪恶；《向影子射击》中地点比较模糊，故事发生在东湖边的一栋高档别墅里。总之，曹军庆创造的"东湖"，与优美的风光无关。它关乎的是幽昧的人性，是欲望，是黑暗。他的"东湖"，更似炼狱之地。

当小说中的地理空间符号化之后，显然会增加作品表面的可辨识度。但是，作家真正的可辨识度取决于他所造之物的精神含量，其中最重要的是在对流行观念的清理中建构起独立而清晰的价值立场，在对时尚文学趣味的反叛中重建文学与生活的关系。曹军庆书写"东湖故事"，表明他对自己的创造有着新的期许。东湖是中国水域面积最广阔的城中湖之一，湖岸曲折，岛渚星罗，如果不攀登到磨山之巅，很难体会到它的辽阔和深广。我想，曹军庆仍在攀登途中，《向影子射击》所抵达的高度不至于让他止步。

2017/12/12　重庆合川

德有邻，必不孤

传统文化对于我们当下的生活究竟还有什么意义？"湘军五虎将"之一陶少鸿的长篇新作《百年不孤》，以文学的方式对这个重要命题做出了富有启示性的回应。

这部小说集中笔墨塑造了中国传统文化的"守夜人"岑氏父子的形象。在他们身上，凝聚着儒家文化的精华——仁义礼智信，儒家道德理想在他们身上得到完美体现。不管时代风云如何变幻，岑家父子始终稳健如山，克己低调，秉持良善，急公好义，乐于助人。父亲岑励畲怀有大爱，追求道德完美。小说中有个情节给人留下深刻印象：他一直得到乡邻敬重，在一次批斗会上却被人趁乱打了一扫帚；他一定要查出那个打他的人，弄清挨打的原因。当他得知是被误打之后，一颗心才落了地，"面带笑容，安静地睡过去（死了）"。儿子岑国仁受过新思想的洗礼，面对传统既有坚守，也有反思，因而能够变通。他坚信："人只能比好，不能比坏，人若比坏，越比越坏。"岑氏父子为什么能够保持初心、坚守如一？因为他们对祖先、对传统始终心存信仰和敬畏。

孔子在《论语》中说："吾道一以贯之。"《百年不孤》记录了岑家四代人对待传统道德的态度——尽管每代人内部、这一代和另一代之间存在差异，但是，以祖先吾之公为象征的传统道德还是延续了下来，正好印证了孔子说的"德有邻，必不孤"。这也是人性的自然选择。

历史学家卡尔说过："历史是现在与过去的对话。"只有与历史展开有效对话，我们才能明察现在，洞悉未来。现代社会飞速发展着，但是不能以牺牲传统价值为代价，人类永远不能失去仁爱、善良、互助、忍让、共荣这些人性基石，否则，人类社会将会蜕变成弱肉强食的野蛮丛林。儒家思想近年来在世界上的影响越来越大，用学者陈来的话说，是因为它蕴含着许多普世价值。陶少鸿的这部小说在一定程度上激活了这些价值理念，并启发着我们去深入审视其当下意义。

尽管《百年不孤》奏响的是一个时代、一个群体的挽歌，但挽歌中透出光亮、温暖和信仰，还透出一种伦理价值重建的坚定信念。在颠覆性写作和黑暗写作流行的当下，这种书写无疑如丽日当空，光华四射。

2017/8/29

入乎其中，出乎其外

历史学家克罗齐说过，一切历史都是当代史。思想家胡适则说，历史是任人随意打扮的小姑娘。他们的话揭示了人类面对历史时的一种共同态度，那就是，言说历史都是着眼于当下的。因此，对于一个作家而言，写作历史小说绝不仅是为了还原历史，满足人们对往事的好奇，更重要的是要能以当代人的眼光穿透历史，表达新的审美发现和理性认知。就像姚雪垠讲的，"既要深入历史，还要跳出历史"，去激活历史场景和人物，对当代有所启迪。最近出版的长篇历史小说《清官杨涟》，就有很强的"以史为鉴"的意识。

杨涟是明朝湖广应山（今湖北广水）人，官至左副都御史。在常熟任知县时，他被朝廷考评为"天下第一廉吏"；后入朝为官，弹劾宦官魏忠贤，遭诬陷惨死狱中。小说着意将杨涟塑造成了一个封建时代的"清官"典型。元好问有诗云："能吏寻常见，公廉第一难。只从明府到，人信有清官。"不仅史书常常讴歌"清真""清廉""清介""清明"等政治品格和理想人格，而且诗词歌赋、笔记小说中也充满了对"清官"的颂扬。公案小说中最著名的两大清官——包拯、海瑞，甚至被民间"神话化"。"清官"崇拜和迷信成为古代中国最普遍的政治意识形态。"清官"行政作为对非理想政治的一种补充，的确发挥了积极作用。从道德层面而言,"清官"文化无疑值得继承和弘扬,这也是《清官杨涟》的现实意义之所在。

其实,杨涟不仅是封建时代的廉吏,还是一个坚守信念、"清白忠直"的传统"士"的形象。孔孟"士志于道""士尚志""士不可以不弘毅,任重而道远"的价值理念,顾炎武"明道救世"的精神,在他身上都有充分的体现;更为难得的是,面对黑暗势力,他还表现出"楚狂人"不屈不挠的抗争精神,直至献出自己的生命。古往今来,知识分子一贯被视为社稷肱骨、时代脊梁,对于推动社会进步具有不可忽视的作用。在当下人文精神普遍沦失的情境下,这部历史小说呼唤理想知识分子人格的回归,显得更加可贵。

历史的经验告诉我们,封建社会的制度性腐败,仅靠清官是无力回天的。过于夸大清官对于历史进步的作用,甚至将政治清明完全寄托于个人道德的完善,是非常不靠谱的。社会政治的进步,就根本而言还是有赖于制度的完善。从理性反思的层面而言,《清官杨涟》尚有进一步开掘的空间。

文学总是在"戴着镣铐跳舞",最考验作家的还不是文字技巧,而是价值观念。因为,读者阅读小说,除了需要故事的消遣、心灵的滋养,更需要思想的照亮。

2017/9/5

文学面对人工智能

《寻枪》的作者凡一平最近在《长江文艺》发表了一部中篇

小说《上岭村丙申年纪事》，讲述的是偏僻乡村一个外貌丑陋的中年男子蓝能跟娶了如花似玉的"妻子"美伶，引起村人的觊觎和垂涎。两个混混设计将蓝能跟灌醉，强奸了美伶，警察竟不予立案；后来，混混又施诡计将美伶绑架，在乡村流动卖淫，警察只以涉嫌盗窃将他们逮捕……绝望之中，蓝能跟将"妻子"毁容："蓝能跟抱着美伶，像两棵树抱成一棵树。他将自己的脸贴在她的脸上。两张一致丑陋的脸结合在一起，亲密、般配、和谐，像树上结出的令人惊叹的果实。"

美伶其实是一个人工智能性爱机器人。在蓝能跟看来，这个女人"好看得不得了，温柔懂事，知书达理"，而且"给他带来男人的快乐"，就是他名副其实的妻子；美伶还懂得他的心思，"眼睛散发着宽恕的光芒，像云谲波诡的海上照明的灯塔"。可是在其他人看来，美伶没有出生证、身份证，只是一个高级玩具。混混把她视为可以交换的商品，警察也依据现行法律将她当作"物品"来处理，以至于让作为"丈夫"的蓝能跟彻底绝望。

小说中所呈现的丑与美的强烈对比以及美的毁灭，还有贫穷和灾难给处在社会底层的弱者带来的生存异化，都引人深思。但是，小说中最耐人寻味的是女主人公的特殊身份——美伶还是人们通常认为的机器吗？她在形体、质感等方面与人类几乎一样，而且拥有一定思维能力，可以进行情感交流，是否应该赋予她"人"的地位呢？假如她是"人"，蓝能跟最后对她的处置是否侵犯了她的权利？……人工智能正在飞速发展，人类既有的价值观念、伦理观念、情感状态和社会结构都面临着颠覆性的挑战。这部小说虽只浅浅地触及了冰山一角，但也算为当下沉溺于书写小情小调、杯水风波和鸡零狗碎的文学打开了新的面向。

当一个新的"类人"侵入我们的生活时,作为"人学"的文学将何为?这是时代赋予凡一平和当代作家们的一个难题。

2017/8/16

写作者如何"返乡"

随着工业文明的飞速发展,许多人在城市里出生、成长,根本就没有家乡。与此同时,越来越多的人迁居到城市,渐渐地失去了家乡。相比古人,现代人的漂泊感、孤独感更为强烈,因而怀乡不仅成为一种文化情结,而且成为一种现代性症候。于是,乡愁被人们反复书写,似乎成为治疗现代病的一剂药方。可是,仅仅凭借对于乡土情境和乡村生活栩栩如生的描绘,仅仅咏叹"朝斯夕斯、念兹在兹",我们真的就能"返回"故乡吗?或许会有猎奇性的满足,或许也有替代性的慰藉,但是这种碎片化、单向度的"重现式"纸上书写,其实仍然无法让我们抵达"家园",获得安栖之感。

故乡、家园的含义大体相似,既是一个地理概念,也是一个文化概念。被人们忽略的是,它们还有哲学层面的含义,与人的存在息息相关。只有当我们以"漫游"的姿态重返故乡,在"朗照"中"发现",在"发现"中"领悟",身心得到真正解放,才能获得海德格尔所谓的"在家"之感。故乡,本是诗意的栖居之地。因此,对于乡土的书写,"重现"是远远不够的,还需扎根生命本源,对"原乡精神"有所"发现",并在此过程中反观自我,"领悟"生命的意义,方能建构起完整意义的"家"。

最近阅读杨菁的长篇小说《欲望之城》和《绿水倾城》，感觉与作家一起实现了一次关于故乡的"逍遥游"。这两部"家乡书"不仅在纸上再造了作者的故乡——郧阳古城，而且充满了游子对于故土的"发现"。她首先通过生动细致的描写，再现了郧阳的城门、钟楼、庙宇、街巷等建筑和民俗风情，完成了地理和文化意义上的"家园"重建。她还凭借回忆进行"漫游"，以一个少女的成长经历为线索，串起古城各色人物，揭示大时代变迁中个体命运的沉浮，进而探究幽微的人性，召唤"原乡精神"。"原乡"精神包含着诸如正义、牺牲、爱等价值、伦理观念，在特定的文化语境中生长出来，代代沿袭，薪火相传。对于"原乡"精神的发掘，显然是作家对于故乡最重要的"发现"；"发现"故乡的过程也是发现"自我"的过程，由此，她获得了关于生命的诸多启示……杨菁对于故乡的书写，显然超越了一般的乡愁咏叹，堪称一次完整的"返回"和深度的抵达。

是的，对于写作者而言，一旦丧失了"发现"，"返回"只能是更为遥远的漂泊和疏离。

2017/11

对乡土中国的一种理解与记录
——关于《松垮纪事》的几点思考

《松垮纪事》从最初的构思到写作,持续了将近二十年。在这不长不短的二十年里,中国社会经历了翻天覆地的变化,我的"乡土体验"也变得更加丰富与驳杂。当我试图用文字再现正在消失的"故乡"时,其实是在记录一段歧义丛生的历史,也是在编织一个安栖心灵的"梦"。正是在这个意义上,《松垮纪事》是一部个人之书,也是一部时代之书。

一、真实与虚构

最初,《松垮纪事》分成两个部分在《芳草》和《大家》发表,一个是放在"田野调查"栏目,一个是放在"非虚构"栏目,出版时因为列入了"家乡书散文丛书",所以版权页上标注的是散文。有评论家在读后对我说:"怎么在中国地图上查找不到松垮这个地名?你写的是不是小说?"在一次文学评奖的终评中,尽管这部书备受好评,但还是因为申报的文体不符合所谓评奖规则而被淘汰出局。

于是,这部书到底属于何种文体成为一个问题。

从创作初衷来讲,我是想以"非虚构"的方式来记录一个村庄六十年的变迁,以此折射中国现代性进程的曲折发展历程,因此它在一定程度上接近报告文学,但又不是传统意义上的报告文学。

何谓"非虚构"?众说纷纭,似乎也没有定论。我曾写过两篇理论文章(《非虚构再认知》《当非虚构成为潮流》)讨论"非虚构"的相关问题,认为"非虚构"更像多种书写方式嫁接而成的混合体,早已逸出了某种文体限定,突出地表现为一种写作观念或美学观念。从创作主体的角度来看,这种写作具有行动性(强调亲历,介入社会)、专业性(研究式写作)、个人性(个人话语色彩鲜明)的特点;从文本来看,它具有叙事的经验性、文体的混合性的特点。《松塆纪事》大体符合这些特征,因此它并不是传统意义上的散文,当然更不是小说。

将这部作品界定为"非虚构",关键一点还在于对"真实性"的强调。借用现象学家埃德蒙德·胡塞尔的观点,所谓"真实"就是"回到事物本身"。这个"本身"即完整的对立统一体。"非虚构"的要义不是反虚构、不虚构,而是从真实性这个基本问题出发,强调回到生活"本身",重新反思文学与生活的关系,打破纯文学意识形态业已固化的二元对立思维模式,在整体性的视野下重审存在,让那些被遮蔽的事物得以完全敞开,从而拓展文学的审美空间和思想空间。

在这部作品的"开篇"部分,我从结构主义哲学的角度谈到了真实性问题。随着对"松塆"调查和理解的不断深入,我不仅对既有的关于乡土中国的文学叙事充满怀疑,而且对自己即将展开的叙事也充满犹疑——即便是采用了多声部叙事的方式,依然难以抵达历史的"真相"。那么,我为什么还要反复谈论"真实性"问题呢？除了前面提到的原因，我要强调的其实是一种由于写作者的过度自信或无知而被淡忘的写作伦理。

"松塆"在地图上的确不存在。它是从我的故乡"瓦塆"和我妻子的故乡"松林"中各取一字组合而成，是我虚构的一个地名。所以，书中呈现的物理空间在现实生活中并没有对应物。但是，那些人物（人名当然全是化名）、故事和诸多细节基本是真实的。虚构地名、人名，除了回避众所周知的由于使用真名实姓而引发的麻烦，更重要的原因还在于，我是将"松塆"视为中国农村的一个典型来书写，它具有象征性。可以这么说，"松塆"并非一个地理意义上的故乡，而是我以真实生活为基础在纸上重建的一个镜像意义的故乡。因此，它确实具有某种"非虚构"的虚构性。

二、家族史与"小春秋"

在相当长一段时间里，我并没有太多的思乡情结。我八岁就到了城里，随后故乡的亲人也陆续迁徙到县城，与故乡的唯一联系似乎只剩下每年清明时陪祖父回去扫墓这件事了。在祖父去世之后，我就很少回故乡了。

2008年春天，祖母去世。一个清寒的早晨，我们将她的骨灰送回故乡，安葬在村后祖坟山上祖父墓旁的空穴里。祖母生前信仰基督教，我们遵从她的遗愿，举行了一个中西合璧的安葬仪式。墓穴合上之后，儿孙们一一跪拜，然后在坟前安放了一大捧百合花。安葬仪式静悄悄的，只有山风的声音呼啦啦在耳边流淌，激起我心中一波一波暗涌的感伤。这种感伤不仅源于祖母的离去,还源于一种巨大的荒芜感。

站在山冈上放眼四望,一切都变得十分陌生。昔日的山林变成了苗圃,水田变成了鱼池。油菜花开得还算茂盛,但是瘦弱的枝干歪歪斜斜。许多田地都荒着,像癞痢头一般难看。地貌还是记忆中的样子,风景却已不再。田埂就像一条条张牙舞爪的草龙在原野上蜿蜒,因为少有人行走,已经完全被杂草掩埋。顺着泥泞小路走入村中。小路边倒竖起了不少两层楼房,褪色的对联在风中招摇。村前的水塘面积明显缩小了,岸边那棵我儿时常常玩吊秋千的大柳树也不见了踪影。我们寻找到祖屋的旧址,土坯房早就被后来买房的人拆掉了,现在那里只剩下半堵泥墙……我们家族三代人差不多都到齐了,大家聚集在残墙前拍了一张合影。谈及往事,叔叔婶婶姑姑们还记得许多细节,而弟弟妹妹们则一脸茫然。我是家族第三代中的老大,对往昔也只剩下稀薄的记忆……儿子在阳光下的田埂上奔跑,恍惚中我仿佛看到童年的自己迎面走来……在那一瞬间,我突然强烈地意识到,我的根脉就在脚下的泥土里,而我几乎已将她淡忘!

回城之后,我有意识地和父辈聊家族的陈年往事。非常遗憾的是,除了族谱上的简略记载,他们也记不清祖辈的更详尽的故事了……时光真的可以湮灭一切,唯有文字可以不朽。这越发使我感到,应该用文字记录下那些还没有零落的故事和精神——我的家族在这短暂而漫长的社会变迁中,其实也演绎了一部耐人寻味的"小春秋"。

后来因为一些机缘,我又走访了许多乡村,并对自己的故乡和妻子的故乡进行了更深入的调查、采访,逐渐形成了关于乡土中国比较清晰、完整的认知。在构思《松塆纪事》时,我决定设一条线索记录我们家族的简史。其中一部分是直接描写，另一部分则采用了"对象化"的方式——以虚构人名的方式呈现。有学者评价家族简史这部分文字散发出生命热力，富有情感冲击力，这在某种程度上使得这部以过于严肃的姿态进入历史深处的著作显得不是那么冰冷。当然，它也使得我的情感有了更坚实的寄托。

三、"有意味"的形式

《松塆纪事》发表、出版后引起一些关注，关于它的长短评论有二十来篇。不少评论者将解读重点集中在了"正文"部分，认为这是一部"编年体"长篇纪事文学，其实这种概括并不完全准确。

这部作品由四个部分构成：开篇、正文、备忘录、创作札记。四个部分是一个有机整体，互为照应和诠释："开篇"交代写作的缘起、松塆的历史和地理环境，其中特别强调了写作伦理问题——如何实现"真实"的记录。"正文"部分选取了22个年份作为时间标记（记录的故事并非都发生在当年），或者叙事，或者记人，讲述松塆半个多世纪风云变幻的发展历程。"备忘录"摘录了我和青年学者老五的对话，主要是从松塆的具体人、事出发，对历史关键节点展开讨论，进而反思叙事伦理、知识分子等问题。"创作札记"是对"开篇"的呼应，还略述了我游历欧洲及英国乡村的所见所思，作为理解乡土中国发展的参照。因此，这部作品不仅是一个叙事文本，还具有一定的理论色彩，这也体现了"非虚构"的研究式写作的特点。

"正文"部分是"编年史"叙事,包含着两种叙事视角和两种时间观念。第一种叙事视角来自写作者——"我",呈现的是线性时间观念。诚如李雪梅在《〈松塆纪事〉的叙事伦理》中所指出的:"作者选择那些对于松塆和松塆人有意味的时间节点铺开叙述。……由非连续性的年份排列出的线性时间链条与当代中国社会历史发展变迁的基本趋向合辙,但链条上非连续性的时间点又能于链条暗示的发展逻辑之外保持'点'的'独特性',使逸出固定历史观念与历史判断的历史细节不至于被取消被叙述的合法性。每个时间点如同一个链接,点开这个链接,读者得到的将是具体的松塆人的生命史诗,是松塆在历史变动中的一个意味深长的剪影。"这些时间节点具有一个特点——那就是由整体性的可命名逐渐走向碎片化的不可命名。20世纪80年代之前的年份几乎都带有强烈政治意涵,不仅鲜明地标记着中国社会生活中的重大事件,而且笼罩性地影响着松塆人的生活,是谓"可命名性";而随着改革开放的全面启动,这种笼罩性被打破,时间也不再具有整体性意义,因而此后的年份选择具有随机性,很多时候就是选取"小人物"人生中的某个转折点或重要时刻来标记村庄的"编年",从社会发展来看具有"不可命名性"。胡一峰注意到了这种"时间标记"背后的意味:"纵观1991—2009年,将近二十年的岁月里,具有历史路标意义的时间点并不少,却无法与1991、1992、1994、1999、2009这些数字序列紧密重合。这提示我们,有一种趋势在20世纪90年代后变得明显,即时间进程本身并不曾改变,但个体对时间进程的体验越来越不受规训。随着社会结构的变迁与人们主体意识的张扬,原本被视为'铁律'的时间逐渐变成了一种地方性时间甚至个体性时间。因而,作为时间记录者或故事讲述者的个体,也就可以更加自如地以手中的笔对时间进行雕刻,呈现更为丰富的历史景观。"第二种叙事视角来自讲述者,如疯爷、致远、梅松、汉明、曲英等人,他们的讲述与"我"的讲述构成对话关系,从而实现"多声部"叙事。疯爷是松垸的长者和智者,通晓村史,他在开始讲述时引用了一个"从前有座山"的故事,暗示了个人化叙事中存在一种封闭的循环时间观念;"松垸故事"由他的讲述开始,又因他的死亡告一段落,他的生命时间有始有终,这又从另一个角度强调了"时间"的片段性和相对封闭性。从长的时段来看,历史发展当然是线性的、向前的;但在短的时段里,它可能是循环的、停滞的。正是两种交织的时间观念和多重叙事视角带来的不同"声音",为真实而多维地呈现松垸历史提供了可能性。

四、对当代文学书写的补充和修正

作为一名职业编辑和业余写作者,我对当代文学尤其是新时期文学中某些关于"中国故事"的讲述方式和立场是持怀疑态度的,这一点我在"备忘录"中有简略的论述。因此,在叙述松垸的故事时,我总是时时提醒自己要警惕"观念鸦片"和思维惯性的影响,以波德莱尔似的漫游者的姿态,努力回到历史和现实的现场之中去呈现生活本身——也就是让松垸"自我讲述"。

叶李在《重寻故乡的历程》中敏锐地指出,《松垸纪事》具备了对被文学史命名和定义的"文革文学""伤痕文学""反思文学""改革文学""知青文学""底层文学"等各种写作潮流里内含的阐释惯性进行补正的意义。其实不仅如此,《松垸纪事》

对于土改、合作化运动、大跃进以及"文革"的传统文学叙事同样进行了某种程度的"补正"。

土地问题是中国农村的根本问题。新中国成立之后，第一要务就是在全国完成土地改革，这也是人类发展史上的一个重大事件。根据我对松塆老人的访问，得知土改运动并非教科书上说的那么简单和一蹴而就，而是非常复杂的。松塆有十几个地主，每家的情况都不一样，农民在土改中的表现也是千差万别。书中的这一段历史通过"我"和"疯爷"的双重视角展开，一方面重点讲述了三个地主的故事——开明乡绅瀚儒、族长耀辉的生平及被枪决的命运、小地主旺财的吝啬和对土地的深情，另一方面叙述了土改工作队访贫问苦、发动群众的艰难过程，同时也还原了贫下中农获得土地以后的喜悦和对共产党的感恩。正如张玉能教授在《一部有思想、带体温的文化记忆口述史——读蔡家园的〈松塆纪事〉》中所言，"这样的故事讲述，似乎并没有多少刻意的理论阐释，却无异于给我们更加细致地分析了地主阶级的不同阶层和不同情况，在中国国情下土地改革的必要性和迫切性，也道出了当时的某些'左倾'的过激行为给这场伟大土地革命带来的负面影响。我相信，这些记录有助于人们更全面地了解这段历史以及更深入地理解阶级性和人性。

关于合作化运动的描写，李云雷在《重新进入历史与故乡——读蔡家园的〈松塆纪事〉》评论中也准确地揭示了我的写作初衷："我们可以看到关于合作化的另一种叙述，和通常关于合作化的描述不同，其不同主要在于两个方面，一是通常关于合作化的叙述主要集中于经济政治等层面，而此处的叙述则主要是精神层面的，二是20世纪80年代以来关于合作化的叙述主要是批评、否定的态度，而此处的叙述则至少是在精神层面偏于肯定。……这当然并非是对 20 世纪 80 年代以后主流叙述的简单反驳，我们可以看到，即使是在 20 世纪 50—70 年代对合作化进行肯定的作品中，也较少涉及精神层面，而更多的也是经济层面以及政治层面。在这个意义上，对精神层面及其重要性的揭示，让我们看到了一种超越二元对立之上的，进入历史的更加丰富的角度。"

还有留在农村的知青曲英的故事，与流行的"知青文学"截然不同。作为一种真实的存在，我觉得有责任把她的经历和思想记录下来。还有我曾经的小伙伴燕子——一个典型的打工妹，她对于固化的社会结构和经济困境以个人身体做出的有限反抗以及对于家庭的拯救，并非是习见的"底层文学"所呈现的那么简单浅表，她有丰富的精神生活，渴望有尊严地活着，也努力坚守着自己的价值观。还有永福、红军、满仓、光宗、豪杰……他们都不是"观念"的符号，而是鲜活的"这一个"。我以一种细节化的书写方式，通过片段勾勒来讲述他们或长或短的人生故事，力图呈现出每个人的"小历史"。

正如阿列克谢耶维奇讲述二战时苏军女兵的故事时所言："我是在写一部感情史和心灵故事……不是战争或国家的历史，也不是英雄人物的生平传记，而是小人物的故事，那些从平凡生活中被抛入史诗般深刻的宏大事件中的小人物的故事，他们被抛进了大历史。"当我如实地记录下了他们的故事，既是给大历史做了注解，也是给文学史叙事做了补正。

五、知识分子的自我反思

在这部书中,我力求像巴尔扎克说的做一个忠实的记录者,重返松塆历史与现实中的生活现场,以质疑"观念的历史"与"理念的乡村"为起点,以追求历史之真的态度展开追问与反思,希望以全新的姿态进入"松塆"历史,去重新发现和理解中国乡村,重新发现和理解乡村背后的中国。同时,我还将反思延伸到作为叙述者的知识分子,诘问叙述者的知识来源、观念体系,思考叙述的合法性。正是在这个意义上,《松塆纪事》也是一位"70后"写作者的自我清理和反思之书。

很多人在讲述当代乡村故事时,习惯于从政治视角出发,甚至直接为某种观念背书,有意凸显"断裂"的乡村图景。但是在我看来,中国社会发展其实不全由政治、经济来黏合,从更长的时段和从更深层来看,乡村的发展一直没有从根本上偏离其自有的逻辑,那就是千百年来形成的如钻石般坚硬的文化传统内核,正是因为它或隐或现地发挥着强大的精神黏合作用,维系着日常生活的运转,所以乡村历史才呈现出一种整体性趋势。对这种整体性的准确理解和把握,决定了乡村未来的发展。我在写作《松塆纪事》时,试图揭示出这种整体性。譬如那座"牌坊"被符号化之后,就成了整体性的象征之一。

根据最初的构思,每一个编年故事之后,都模仿"太史公曰",附有一段我和老五的对话,对人物、故事进行点评,并由松塆生发开去展开关于中国乡村发展的更为宏阔的议论。写了两三章之后,我发现这种做法有点儿狗尾续貂,一是长篇大论读来非常枯燥乏味，二是故事一经点评、解读，意义变得明晰的同时也就被限定了，反而制约了文学形象本身意涵的丰富呈现。因此，在后来的写作中我就放弃了这种构思，改为在"正文"后专设一章"备忘录"，只就历史和现实的几个关键性问题展开对话和议论，凸显全书的理性反思色彩。许多评论者在寻找进入这部作品的路径时，都是从"备忘录"入手展开解读，尽管它并不能代表这部作品的价值观、历史观，但它在一定程度上直观地呈现了我的价值观、历史观。

这部书主要记录的是农民的故事，但也写到了一个由松塆走出的知识分子——汉光——这是一个"反思者"的形象。他在"文革"时到北京串联，高中毕业后回乡务农，恢复高考后第一批考入大学，毕业后留在大城市从事研究工作。他胸怀报国之志而且敏于思考，与那个时代许多富有激情的知识分子一样，关心国家、民族的命运和前途。20世纪90年代初期，他去美国求学，毕业后留在了硅谷工作。我以引用家书的方式，表现了汉光对自己人生之路的反思——也是他那一代带有强烈理想主义色彩的自由主义知识分子的自我反省。时过二十多年，寄身海外的他回想前尘旧事，时空带来的距离感以及中西比较视野无疑使他能够更加理性和客观地审视历史。

第三辑

介入现实的一种路径

——漫说基耶斯洛夫斯基与《十诫》

有的艺术家是属于历史的,更是属于现在和未来的,基耶斯诺夫斯基就是这样的。

随着"冷战"趋于白热化,20世纪80年代后期的波兰处于剧烈的社会动荡之中,许多具有良知和责任感的知识分子对前途充满了忧虑。他们以巨大的热情参与社会公共领域,努力发出自己的声音,试图激荡时代洪流。在当时的电影界,执导过《大理石人》《铁人》等影片的著名导演瓦伊达是一个标志性人物,他和一大批电影家通过电影参与社会生活,以鲜明的政治批判性而引人注目,政治性电影一度成为波兰影坛的主流。在这样轰轰烈烈的时代背景之下,基耶斯洛夫斯基显得有些落寞和孤独。因为,他与时代的"鼓手"和"号角"们不一样,而是站在了"时代主流"之外,目光忧郁而冷静地凝视着普通人的日常生活和内心世界,努力探测着他们的道德和精神状况,试图更深刻地反映人的生存状态和历史的本来面貌。

艺术家心灵世界的变化总是与现实有着千丝万缕的联系。当时,随着波兰政局的变化,人们越来越丧失正常的公共生活,自然也就丧失了正常的个人生活。当时代出现整体性溃败时,个人的道德毫无疑问也将面临贬损和削弱。公共生活中存在的荒谬和不幸，不可避免地会侵蚀个人的道德和心灵，从而使人性堕入更深的黑暗。面对这样的残酷现实，作为一个富有良知的知识分子，一方面需要参与公共生活，为构建健康的社会而努力；另一方面，他更需要正视和清理自己的内心世界，追寻更有价值的人生。正如基耶斯洛夫斯基后来在《十诫》第二集中所表达的：作为社会一分子的个体，需要负担起自己的责任，而不是将一切推给他人和社会。通过电影，他试图担负起一个知识分子的责任。

其实，早年的基耶斯洛夫斯基曾经执导过许多带有政治色彩的纪录片，譬如表现什切青（波兰港口城市）罢工事件的《工人的1971》，就为他赢得过巨大声誉。但是，随着对社会现实的失望和对人性思考的深入，他的思想观念和审美趣味逐渐发生了变化，到了执导《摄影迷》时，他厌倦了政治生活，干脆将镜头转向了拍摄自己。他说："我相信每一个人的生活都值得细细品味，都有他的秘密和紧张刺激的事件。"在暴风骤雨即将来临的前夜，这些故事背后该隐藏着多少难以言说的不幸和悲伤，但是，并不一定能为所有的艺术家所觉察到。天生敏感的基耶斯洛夫斯基透过这个小小的窗口，准确地捕捉到了时代的关键性问题。

1988年，在合作伙伴、律师皮尔斯维茨的提议下，基耶斯洛夫斯基决定拍摄一部供电视台播放的十集电影《十诫》，以此表达他对于现实和人生的思考。他说："我们生活在一个艰难的时代，在波兰任何事都是一片混乱。没有人确切地知道什么是对，什么是错，甚至没有人知道我们为什么要活下去，或许我们应该回头去探求那些教导人们如何生活、最简单、最基本、最原始的生存原则。"在《十诫》系列中，基耶斯洛夫斯基并没有返回历史深处去再现"摩西十诫"的故事，而是通过叙述当代人的生活来透视其精神世界，用电影的视听语言和影像手段来进行哲学和社会学层面的思考。通过电影反映人类在被社会制度破坏以前的基本价值，将古老的训诫引入现实社会，这才是他的立意之所在。

广受好评的《爱情短片》讲述了一个双重偷窥的故事：19岁的青年托米克利用望远镜偷窥住在对面楼里的女画家玛格达。玛格达私生活混乱，经常和不同的男人上床。为了见到心上人，托米克伪造取款单将她骗到邮局，还兼职担任送奶工给她送牛奶。可是，当他终于有机会和日思暮想的人待在一起讨论什么是爱情时，禁不住玛格达的诱惑，他出现了难以控制的激烈生理反应。玛格达沉迷于肉欲，但此时心灵被托米克纯粹的爱唤醒了，她想呼唤爱人的归来，却不知其所踪。她不安地拿起望远镜，偷窥对面的窗户……一天，她来到了托米克家中。当她注视着那架偷窥她的生活的望远镜时，脑海里浮现了不堪的往事片段……玛格达终于看清了自己的生活，决心去寻找真正的爱情。当她兴冲冲地去邮局找托米克时，却得到他冷冷的回答："我再也不会偷窥你了！"

按照弗洛伊德的理论，人们对他人隐私的窥探欲，来自童年，来自对自己身世和来历的好奇心。这是一种本能的需求。电影史上有不少关于偷窥的电影，大致可以分为三类：第一类是生理意义的偷窥。不少偷窥影片都是借助偷窥设备满足观众的偷窥欲望。第二类是表达道德诉求。偷窥本身是不合法的，影片却赋予这种行为以合法性。如通过偷窥揭露人性的阴暗面以及不为人知的秘密等，通过将偷窥者的行为放大，达到警醒的效果。第三类是表达文化焦虑。如《楚门的世界》借助全民性的集体窥视，反映了当代媒体的无孔不入,而《窃听风暴》则通过偷窥反映了一个不合理的政治体系的存在。在这些影片中,偷窥等同于对自由的践踏。而基耶斯洛夫斯基的"偷窥"与上述电影有所不同,更具有哲学层面的意义。无论是托米克还是玛格达手中的望远镜都具有"第三只眼睛"的功能,他们在"偷窥"对方的同时,其实也是在审视自我。正如苏格拉底所言:"未经审视的生活是不值得过的。"经历过审视之后,两位主人公都在这场失败的爱情中觉醒了,明白了什么才是真正的爱情。从表面上看,这部电影对性和爱展开了反思,但这还不是基耶斯洛夫斯基所要表达的全部。在当时充斥着浮躁之气的波兰,人们都陷入了迷茫的冲动之中,整个社会都缺失"审视"的目光——尤其是对自我的"审视"。

再看《十诫》系列中的另一部优秀之作《谋杀短片》。电影的开头是用绿色滤镜拍摄的,一个头发蓬乱、神态恍惚的青年在灰蒙蒙的街头乱逛。可以渲染的街景显得"肮脏、悲伤、空洞",青年就像一个幽灵游走在街头。人们似乎都被莫名其妙的怨气控制着。坐出租车的过程中,因为偶然的争执,青年用随身携带的绳子勒死了司机。很快,青年被抓捕,受审,判处死刑。律师为他辩护没有成功,国家机器平静而有条不紊地开始执行一桩杀人案……尽管电影的叙述不动声色,但是我们还是深深感受到了生命在暴力重压下的战栗和呻吟。青年杀死出租车司机的动机是什么,电影并没有给出清晰答案,似乎只是一个没有逻辑关联的偶然事件。在现实生活中,在我们隐秘的内心里,是否常常也有类似的不可理喻、不可名状的偶然冲动呢?社会为什么要处死这个青年,答案是不言自明的。可是在基耶斯洛夫斯基看来,杀人终归是错误的。这部电影的细节充满了生活质感，充满了对于生命的敬畏感，同时也表达了对于生命脆弱和短暂的叹惋。影片采用旁观者的视角来展开叙事，通过剪辑的刻意安排，将偶然的谋杀与对凶手的集体谋杀进行了充分比较，在看似冷漠的叙述中提出一个重大命题：到底谁有权利剥夺生命的权利？社会、国家难道就可以吗？基耶斯洛夫斯基通过一个偶然的谋杀案，将人们引向了对于现代文明价值系统的反思。

随着工业文明的飞速发展，人类变得越来越自信，对科学的膜拜正在取代对神的信仰。基耶斯洛夫斯基意识到了人类信仰的深刻危机，在《生死无常》中讲述了一个科学崇拜者的悲剧。父亲是一位电脑工程师，不相信灵魂的存在，而坚信世界可以通过计算来认识，一切都可以用数字来表述。圣诞节前夕，儿子得到一双新溜冰鞋，非常想去溜冰。父亲将天气预报数据输入电脑，通过计算得出结论，冰面可以承受他的体重。可是第二天，不幸的消息传来，冰层碎裂，儿子坠入湖底，再也没能上来。崇尚科学程序的父亲彻底失算了……基耶斯洛夫斯基在唯科学论宣告破产的同时，对人类的自大与自负表示出了深切的怜悯。

在《十诫》系列中，基耶斯洛夫斯基与日常生活中的主流意识形态开始分道扬镳，与热热闹闹的"政治"渐行渐远。到了拍摄《蓝》《白》《红》三部曲，他的思想和艺术更臻成熟。他为主人公创造了一种绝对的没有自由平等博爱的境遇，然后通过人物的苦苦挣扎来探求人生的困惑，追寻生命的本质。每一部电影所展示的人生境遇都具有高度的概括性，让人为之深深震撼。在现实生活中，我们每个人都有可能陷入这样的困境，只是当我们身处其中时，往往失去了反思能力，而基耶斯洛夫斯基却以细微的感受力去体验并思考着这一切。

从《十诫》开始，基耶斯洛夫斯基由个体生活而介入公共生活，从而实现一个知识分子对于社会的批判性发言。

基耶斯洛夫斯基的电影打破了好莱坞基于满足观众心理期待而形成的因果叙事模式，创造了一套自己的叙事话语。他的电影叙事没有目标，没有明显的动机与冲突。推动叙事的动因往往是掩藏在生活表面之下的种种偶然和人物的心理欲望。在时空处理上也不遵循物理规律，而以心理时空为主。他的影片结尾一般都是开放式的，没有确定的答案给出，往往留下了再次反思或行动的暗示，从而将观众引向更深邃的思考。

在以好莱坞为代表的商业电影几乎吞没全球电影市场的产业时代，基耶斯洛夫斯基为艺术电影赢得了几乎是"绝唱"式的尊严。作为一个具有独立思考气质的知识分子，他不仅推动了电影艺术自身的发展，而且也为勇于思考和担当的知识分子如何与现实展开有效对话，并且深度介入公共生活提供了一种路径。

2014/8/12

家国叙事与伦理转换
——评电影《我的父亲焦裕禄》

早在20世纪90年代，李雪健在电影《焦裕禄》中成功塑造了党的好干部焦裕禄的形象，全心全意为人民服务的"焦书记"感动了无数观众，令人难以忘怀。重拍关于焦裕禄的影片，无疑是具有挑战性的。《我的父亲焦裕禄》致敬经典，独辟蹊径，在家国叙事模式中巧妙进行伦理转换，塑造了一个富有深度的、丰富细腻而又亲切动人的艺术典型，为新时代的主旋律电影创作提供了新的美学经验。

这部影片选择了一个比较独特的叙述视角，即从女儿焦祖云——"我"的视角切入父亲焦裕禄的生活，在两个叙事空间——公共空间和私人空间中层层展开，深入刻画了"一名党员""一位干部"和"一个亲人"的感人形象。兰考县"三害"肆虐，焦裕禄临危受命担任县委书记，他庄严承诺："如果不改变兰考的面貌，我绝不离开那里。"他深入漫漫黄沙中考察风路，研究治沙规律，种泡桐，治"三害"，带领干部群众战天斗地；他吃大雁屎，亲自救助灾民，感同身受老百姓的痛苦；为了让群众吃上救命粮，他勇于承担违反粮食统购政策的责任……如果说这些在公共空间中展开的故事凸显了焦裕禄作为人民公仆的爱民情怀，让人感其伟大而生敬仰的话，那么，在私人空间中展开的故事则表现了他作为一位父亲、儿子、丈夫的深沉人伦之爱,让人感其可爱而生亲近。他舐犊情深,谆谆教导儿子不能搞特权白看戏,"我们是群众的服务员,没有资格搞特殊化";他陪着女儿拉车上街卖咸菜,亲自给她示范如何吆喝,"百姓的闺女干啥,我们的闺女就干啥"。影片还通过表现女儿的心路历程变化来展现焦裕禄精神的巨大感召力量。女儿曾经颇感委屈与困惑,但最终理解了父亲的所作所为,在影片结束时深情呼唤:"如果我喊了爸爸,你是不是就不会转身离去?"焦裕禄在走进女儿内心世界的同时,也走进了观众的心灵深处。焦裕禄常年在外地工作无法照顾母亲,对母亲深怀歉疚。回家探亲离别之时,飞雪漫天,母亲站在村口恋恋不舍地送别,他走了几步之后,突然跪倒在雪地里……他深知此别将是永诀,全部的深情只能通过这一传统的仪式化动作来表达。此情此景,让人热泪盈眶。他在临终前向妻子徐俊雅吐露心语:"如果有下辈子,我还要娶你做老婆,一起过好日子。"一声"对不起",让人肝肠寸断。这些在私人空间中展开的日常生活叙事,化英模人物为身边平常人,化伟大情操为日常细节,使得人物形象朴实可亲,思想情感朴素动人,容易与观众产生共情,进而产生强烈共鸣。

《我的父亲焦裕禄》的公共空间叙事对应着"国",私人空间叙事对应着"家",通过"我"的讲述巧妙融合了时代记忆和个人记忆,增强了叙事的真实感、时代感,丰富了生命记忆和情感内涵,堪称主旋律电影"家国一体"叙事模式的新尝试。作为英模人物的焦裕禄的坚定党性和人格魅力,在"家""国"双重叙事空间中得到充分展示,并借助巧妙的伦理转换,完成了一个真实、饱满而亲切的艺术形象的塑型。

主旋律电影表现英模人物，必然要表现其不同于平常人的思想政治品格，而这正是艺术表现的难点，弄不好容易变得概念化，给人"假大空"之感。《我的父亲焦裕禄》在这一点上有所突破，成功地将政治话语转换为伦理道德话语，契合了普通大众的接受心理。影片中有一个场景非常具有典型性：焦裕禄在救助受灾群众时，老大娘问他是谁，他回答："您就当我是您的儿子。"正是这句朴素温暖的话语，将干部与群众之间的社会关系转换成了家庭内部的伦理关系，一下子拉近了英模形象与普通观众之间的情感距离。焦裕禄视自己为"人民之子"，全心全意为人民服务，他为工人减轻劳动强度而开心，为老百姓生活穷困而流泪，为治理"三害"而奔走……这部电影打破了家庭伦理和社会伦理的界限，实现了社会叙事与家庭叙事的巧妙转换，将个体情感与社会情感有机融合，一个"为官至臻，为夫至诚，为子至孝，为父至亲"的"好人"形象跃然于银幕之上，十分真实，亲切动人。

"好人"既是伦理转化的桥梁，也是电影设置的伦理道德基点——影片中的焦裕禄毕生都在践行母亲"要做个好人"的叮嘱。这种伦理观念首先来自家庭教育。回家探亲，焦裕禄与母亲睡在一张床上谈心，忆起母亲对他的教育："天上一颗星，地上一个人。你要是个好人，那颗星就是亮的；你要是个坏人，那颗星就是暗的；你要是个坏透的人，那颗星就不亮，就灭了……做人就一定要做个好人，要做天上那颗最亮的星。""人的命啊，有长有短，甭管长短，得亮眼，像天上的星星一样。"关于星星的朴素比喻，将"好人"形象化了，也照亮了焦裕禄的人生。这种"好人"伦理观深入到焦裕禄的骨子里，临终前他嘱咐子女："你们长大了要做一个好人,眼睛里要看得见受苦人的眼泪。"这种伦理观念还来自传统文化的影响。焦裕禄陪母亲看了一场戏,恰好是小时候常看的民间戏曲《岳母刺字》。这个情节巧妙揭示了优秀传统文化对焦裕禄心灵的滋养,筑牢了其伟大人格的根基。如果说母亲的教导是从个人、家庭的层面上来宣扬一种伦理道德观的话,那么"看戏"则将伦理道德引申到了集体、国家层面,拓宽了其内涵。影片通过对焦裕禄伦理道德基因的探寻,让观众看到了一个英模人物的精神来路,也看到了优秀传统文化对于人格塑造的力量——正是因为这一点,《我的父亲焦裕禄》比许多主旋律电影更具深度,不仅为中国电影画廊贡献了一位优秀共产党人的形象,而且贡献了一位典型的中国式英模形象。

近年获得广泛赞誉的电影,像《流浪地球》《我和我的祖国》《我和我的父辈》《长津湖》等,其成功在一定程度上都得益于对家国叙事模式的巧妙运用和对道德伦理关系的有效转换,《我的父亲焦裕禄》也不例外。这部影片从家庭伦理层面切入,向社会伦理层面拓展,以朴素的影像语言展开"家国叙事",让一个质朴而伟大的人物在银幕上焕发出新的光彩。

2022/12/3

"诗内"与"诗外"兼修
——漫议湖北电影周展映作品

日前,第四届湖北电影周在武汉、宜昌两地同时拉开帷幕,其中一个重要内容就是展映了近两年湖北主创的一批比较优秀的中小成本电影。这些影片立意鲜明、题材多样、制作精良,基本代表了湖北电影的最新创作水平。湖北的电影创作基础比较薄弱,与先进省市相比尚存一定差距,缺少既叫好又叫座的现象级作品。但是,近些年湖北电影人紧跟时代潮流,扎根现实生活,追求艺术创新,电影创作水平不断提升,电影事业获得长足发展。俗话说"窥一斑而知全豹",参加展映的作品集中呈现出湖北电影创作的一些特点:

一是敏锐记录时代生活。电影作为时代的晴雨表之一,应该敏锐而真实地记录社会历史进程。湖北电影人与时代保持同频共振,善于通过讲述普通人的故事来反映社会风尚,折射时代变迁,弘扬社会主流价值观。其中的《江水无声》是一部颇有艺术追求的影片,深情讲述一位因儿子救人牺牲而陷入巨大痛苦中的父亲热心救助孤儿"泥鳅"的故事,以水喻人,表现人间大爱,体现了编导深切的人文关怀。《我为你牺牲》通过平行时间轴讲述武警官兵缉毒、反劫持人质、武警家属支持丈夫戍边等感人故事,讴歌了中国军人忠诚奉献和英勇无畏的精神。《青云之梦》

讲述青云镇党政干部在脱贫攻坚、乡村振兴、绿色发展与基层党建、农村社会治理等过程中发生的小故事，展现了乡村新风貌、新气象、新精神。《山路十八湾》讲述机关干部到贫困村十八湾担任第一书记，克服重重困难，帮助村民脱贫致富的故事。《白云深处》讲述人大代表到小溪村扶贫，以独特视角记录了脱贫攻坚伟大斗争的艰难过程和最终胜利。这些电影紧扣时代主流话题，艺术手法质朴，生活气息浓郁，立意积极向上，令人遗憾的是部分作品给人直奔主题的"新闻报道"印象。其实，电影表现生活的真实不能只是对现实生活进行简单模仿，而应像鲁迅说的"选材要严，开掘要深"，对生活进行充分对象化，融入创作者的个人化体验和新"发现"，即应具备新颖的角度、生动的故事、典型的场景和隽永的意蕴。另外，政治口号不是艺术，电影应该通过艺术形象自然而然地呈现主题，而"不能为了观念的东西而忘掉现实主义的东西，为了席勒而忘掉了莎士比亚"（恩格斯）。

二是注重塑造新的人物形象。一部成功的电影，必定能在银幕上立起几个鲜活的人物来，并引起观众的共鸣。湖北电影人在作品中比较注重刻画人物，力图塑造烙有时代印记的艺术形象。如《伴我远行》的主人公林冰清从小遭受病痛折磨，后来在家人和社会的帮助下成长为网红，不忘通过带货帮助乡亲们致富。她身残志坚，追求理想，以行动回报社会，成为新时代先进青年的典型。难能可贵的是，该片通过"身体被束缚"的主人公与"灵魂被束缚"的闺蜜进行对比，启发人们对不同人生道路进行思考。《江水无声》中的父亲老袁善良、坚韧而包容，给人留下了深刻印象。《我为你牺牲》则展现了中国军人的英雄形象，《乡村女教师》展现了中国"最美女教师"形象，均在银幕上焕发出光彩。这些作品都是以英模人物为原型改编的，各有可圈可点之处。但是，怎样个性化而不是脸谱化地塑造英模人物，并让观众产生强烈"共情"，这是此类主旋律电影创作需要攻克的难题。著名作家汪曾祺说"小说要贴着人物写"，其经验同样适用于电影创作：编剧要深入人物的灵魂，"贴着"人物写对白和动作，演员也要"贴着"人物心理、情绪进行表演，只有如此，才能在银幕上塑造出具有人性深度的"这一个"来。

三是电影语言表达有新追求。电影除了讲述动人的故事，还要善于展现影像"奇观"，以满足观众的"白日梦"。湖北具有丰富的自然、人文"奇观"，湖北电影人能够自觉地将地域元素有机融入作品之中，大大提升了电影的美学品质。如《伴我远行》中巍然屹立的三峡大坝、波涛奔涌的泄洪闸、美轮美奂的环球港、如诗如画的柑橘园等场景具有浓郁的峡江特色，以鲜明的湖北印记给人强烈的代入感；《青云之梦》中白云流淌、山峦叠翠、芦苇摇曳、阡陌悠长，就像一幅幅油画，展现了大别山壮美的风光；《乡村女教师》中的恩施风景；《白云深处》中的土家风情，等等，均为影片增加了"看点"。当然，受电影投资所限，湖北电影人在展现"奇观"时往往是"戴着镣铐跳舞"，其视觉效果未必尽如人意。其实，"奇观叙事"已成为当代电影的一种趋势，湖北电影人需要更深入地去理解与把握这种美学潮流。

毋庸置疑，湖北的电影创作存在明显的短板，创作水平要想实现质的飞跃和提升，"诗内"功夫和"诗外"功夫均需兼顾修炼。简而言之，以下三个方面的问题应该引起重视：

一是要继续提升电影生产的组织化水平。近几年，《红海行动》《我和我的祖国》《我和我的家乡》《中国机长》《长津湖》

等新主流电影以家国情怀、集体记忆、精神共振等显著特色赢得良好口碑,屡获票房冠军。它们的成功并非全是市场运作使然,根本原因是国家产业政策的推动、电影生产机制的变革,在主流价值传达、商业利益诉求与艺术生产表现等方面实现了融合与平衡。湖北在独立或参与制作《中国医生》《血战湘江》《音乐家》《古田军号》《穿越时空的呼唤》《我为你牺牲》等影片时,已经积累了一定的经验。在新时代电影工业高速发展的语境下,地方电影主管部门和生产单位怎样在题材规划、选题策划、资源整合等方面精准发力,通过发挥组织化优势推动电影创作水平提升,将是一个全新挑战。

二是要加大对青年电影编剧的培养力度。俗话说:"编剧,编剧,一剧之本。"没有优秀的剧本作为基础,不可能产生优秀的电影作品。湖北不乏有才华的编剧,但是在全国有影响的大牌编剧寥寥无几。有的人缺乏艺术理想,满足于赚快钱,缺乏精益求精的职业精神;还有的人片面理解市场,粗制滥造,迎合观众的低级趣味。针对这种情况,需要加强引导和管理。湖北省文联已推出"湖北编剧骨干孵化工程",计划利用三年时间通过集中研修、导师辅导、项目扶持、作品研讨、宣传推介等方式,从整体上提升青年编剧的思想、艺术水平,为湖北电影事业发展夯实基础。

三是要创新本土电影制片人培养模式。随着中国电影市场日趋成熟,导演中心制的弊端越来越突出,因为能够兼顾艺术性和商业性的导演屈指可数。湖北缺少优秀的编导人才,更缺少成熟的制片人。一个优秀的电影制片人,不仅能够站在艺术的角度发挥导演的风格优势,还能站在投资人的角度,考虑影片的商业化水平以及回报率,从而将资源进行最优整合与调配。好莱坞早已形成了成熟的制片人中心制,其成功经验值得借鉴。优秀的制片人需要在市场的大江大河中磨炼,不能只在本土电影公司的小池子里扑腾。湖北的相关部门应该创新电影人才培养模式,走出去、请进来,结合市场运作培养专业化的制片人,这直接关系着湖北电影产业能走多远。

2021/11/24

何谓伟大的电影

我们今天走进电影院,已经鲜明地感受到这样一个事实:声音越来越热闹,动作越来越密集,电影镜头越来越短,特技效果越来越炫,而电影主题和演员表演几乎退居到边缘。总是在音响效果和动作效果的重磅轰炸之中,我们看完一部又一部"大片",然后怅然若失或无比失望,忍不住喟叹:我就是来看"张艺谋到底有多烂的"?到底还有没有好电影?

和我一样纠结与茫然的观众,其实可以读读一个叫罗杰·伊伯特的美国人写的《伟大的电影》。这部由资深影评人撰写的影评集,以独特的视角、独立的立场和独到的体验,深入浅出地剖析了世界上最优秀的一批电影,为人们提供了一份好电影指南。

伊伯特是美国《芝加哥太阳报》的影评人。之前,普利策新闻奖从未授予过影评家,是他打破了这个纪录;他还长期在电视上主持电影评论节目,每年出版一部影评集。更神奇的是,伊伯特评论一部新上映的电影,其彰否会直接影响到票房高低;他在DVD封套上的推荐标志"Two Thumbs Up"已成为畅销标志,观众都认可他的"大拇指"。

那么在伊伯特看来,什么样的电影算得上好电影呢?他在解读《精神病患者》一片时,引用了希区柯克的一句话:"刺激观众的不是故事所传达的信息,也不是演员的精彩表演……让观众震撼的纯粹是电影本身。"电影特有的这种统一性是主创的缜密思维与实际制作完成度的完美统一——伊伯特简明扼要地道出了自己的美学原则。他还坚持认为："电影最能唤起我们对另一种经验的感同身受，而好的电影让我们成为更好的人。"根据这些标准，伊伯特从看过的一万多部电影中挑选了一百部"伟大电影"，如《战舰波将金号》《科学怪人的新娘》《凋谢的花朵》《城市之光》《吸血鬼德古拉》《鸭汤》《将军号》《大幻影》《M就是凶手》《公民凯恩》《十诫》《浮草》等。这里面有好莱坞的优秀之作，更多的则是早期的电影经典或其他国家的艺术电影。在全球电影都被好莱坞商业机制统治的环境下，伊伯特秉持着一个艺术评论者应有的良知，张扬着不俗的艺术品位与不趋炎附势的独立品格。

更为可贵的是，伊伯特还深刻认识到，"作为影评人必须记住，拍摄它的人和观看它的人都为它放弃了自己生命中的某一部分，以求它能不辜负那几个月或几小时的付出"。因此，他在写作每一篇影评时都保持着足够的耐心，通过细细"观看"，慢慢深入到电影的肌理之中，去努力发掘其内在的闪光。除了用眼睛，他更用心在观赏。这部书中列出的一百部电影，有许多他都看过十几遍，其中有四十七部他曾一个镜头一个镜头地研究过。每次着手写作一篇影评之前，他都会将影片又重新看一遍。在这个人心浮躁、追求高效率的时代，做到这一点殊实不易。

伊伯特的文字隽永优美，字里行间弥漫着浓浓的书卷气。他从不刻意卖弄玄奥的专业词汇，更不哗众取宠迎合大众的流行趣味。他只是用平实的语调告诉大家，这部影片好在哪里，价值是否被埋没，要特别关注哪些容易被忽略的细节。他的文字充满独特的生命体验，因而笔端常常饱含感情。他在评论卓别林的《城市之光》时加入了一段刻骨铭心的观影经历，文字间闪烁的刻薄或幽默常让读者会心一笑。他对《公民凯恩》的多层次解读，条分缕析，洞幽烛微，让人忍不住又想去把这部电影找来重看一遍。

伊伯特评介的许多影片，对于那些追逐流行大片的观众来说，可能是闻所未闻的。其实，这部书的理想读者倒不一定是对书中影片了如指掌的观众，从没看过或听说过这些影片的人如果按图索骥，对照着伊伯特的文字将这些影片一部部看过，相信会对电影这个"白日梦"艺术有全新的认识。

略感遗憾的是，伊伯特在选择电影时难以摆脱"西方中心观"，目光只聚焦于欧美，对亚非电影甚少提及，中国电影更是阙如。而在我看来，从费穆的《小城之春》开始，中国的伟大电影可以开出一个不短的名单……

2013/1/3

"王者"张以庆与《君紫檀》

在纪录片王国里,张以庆是具有王者之气的导演。何谓王者?首先是富有文韬武略,思想特出而无与伦比;其次是善于开疆拓土,成就全新功业。张以庆具备这两个特点:他是一个思想者,不仅具有一整套纪录片美学理论,而且对世界、对历史、对人生、对生命有着独特的理解和认识;他是一个实践者,以叛逆的姿态不断进行着艺术探索。他不仅通过纪录片完美地诠释了自己的生命哲学,而且不断挑战着纪录片的艺术边界,拓宽了它的广度和深度,譬如对于生命感受的细腻表现、对于精神世界的幽微探索,常常给我们带来震惊、震撼的审美体验。

张以庆的创作大体经历了三个时期:从《红地毯上的日记》《起程·将远行》开始,这是探索期,他已经显示出卓尔不群的气质;到《舟舟的世界》《英和白-99纪事》《幼儿园》,则完整地呈现出自己的美学风貌;到了《佛山听禅》《君紫檀》,在艺术上更为圆熟,美学风格更鲜明,进入一种自由表达的境界。他已经构筑起了属于"这一个"的张氏艺术王国。

《君紫檀》充满了深邃的哲理和烂漫的诗意,散发着生命的温度,是一部具有王者之气的纪录片,可以视为张以庆的"自我完成"之作。

这部片子聚焦紫檀工艺,讲述的是家具大师顾永琦的传奇故事。其实，这一切都是张以庆的"镜像"，他拍摄的其实就是他自己。在这部片子里，创作者与表现对象实现了完美的遇合，你中有我，我中有你。毫无疑问，顾永琦是家具制造行业的王者。他与张以庆的精神气质何其相似！片名的第一个字是"君"，给片子进行了文化定位。许慎的《说文解字》："君，尊也。"一是指君王，至尊，言其指工艺极致追求的雄心，对艺术极致追求的野心，散发出王者之气。二是指君子，君子的概念最早始于《论语》，在孔子看来是一种理想化人格的化身，最基本的特征是中庸。用程颢、程颐的话解释就是："不偏之谓中，不易之谓庸。中者，天下之正道；庸者，天下之定理。"紫檀是木中极品，不润不燥，材质坚硬致密，色彩稳重大方，"一寸紫檀一寸金"。紫檀大量为皇家所用，愈显贵气。唐诗中写紫檀的比较多，像孟浩然的《凉州词》"浑成紫檀金屑文，作得琵琶声入云"。紫檀被人格化之后，就成了君子之风的象征。当紫檀成为一个文化符号之后，它拥有了丰沛的精神性内涵，蕴含着东方文化、东方智慧。张以庆敏锐地捕捉到了君、紫檀的内涵，而且准确地将它传达了出来。换句话说，紫檀也是顾永琦和他的象征。片子里有许多顾永琦沉思的镜头给我留下深刻印象，让人感觉到"高处不胜寒"的孤独感，那不仅是一种情感状态，更是一种精神状态，也是王者的存在状态。张以庆的高妙之处在于，他在"完成"自己的过程中，不仅超越了拍摄对象本身，也超越了他自己。

在这部片子里，张以庆对艺术表达的极限进行了许多尝试，可谓出神入化。就像伊文思富有想象力地拍摄了《雨》，张以庆也更富想象力地拍摄出了紫檀，完美地呈现了它的"触感"。从表面看，这是一种技术性的拍摄；从深层看，这是对于纪录片可以抵达文化深度、精神深度的尝试。在这个层面上，我认为张以庆是超越了伊文思的。他调动了自己全部的文化、艺术积累，发挥了超凡的想象力，运用通感的方式将物与人、物与心、物与天地万物进行勾连，从而传递出一种天人合一的审美意境。京剧、昆曲、评弹等戏曲表演，古琴、京胡、笛、箫等乐器演奏的音乐，太极的运转力道，木匠口诀、流言行语、市井俚语，风中的芦苇、自在游弋的鱼虾、美人的指尖，这些相对于紫檀来说都是虚写，艺术的魅力就在虚实的张力之间。就像叶燮论诗时所说："诗之至处，妙在含蓄无垠，思致微妙，其寄托在可言不可言之间，其旨归在可解不可解之会，言在此而意在彼。"张以庆不是以镜头来再现、还原现实的真实，它是重构、放大、强化一种真实——这种真实是与个体内在意识关联的"诗性真实"，也就是心灵的真实。因此，张以庆的镜头聚焦的虽然是现实生活，但他表达的是超越生活的言外之意，因此总能启发观者对于文化的传承与保护、对于自我与他者的关系进行哲学思考，启悟观者直面自己的精神家园，引导观者聆听现代文明笼罩之下内心的跳动，从而寻找生命的本源与意义。

新时期以来，中国纪录片发展经历了三个阶段，即宣传式的纪录片、写实性纪录片、诗意纪录片，张以庆通过他的一系列作品，将中国的诗意纪录片推进到了一个新的高度。

只有真才美
——略说杨俊的表演艺术

我想用一个"真"字来概括杨俊的表演艺术特色。

首先说她的真诚——为人的真诚和对艺术的真诚态度。湖北省文联文学艺术院主办的"荆楚文艺名家讲堂"曾经邀请她作为主讲嘉宾,到枝江指导黄梅调音乐剧《花漾年华》的修改。她冒着酷暑和我们一道来到枝江,认真看完演出,认真谈修改意见,直言不讳,切中肯綮;她还亲自示范如何表演,一招一式,一丝不苟。正是在这次活动中,我深切地感受到杨俊是一个"真人",可爱、可亲、可敬。她生活在人间,更生活在艺术之中。

这种真诚,直接影响着她的表演艺术风格——尚真。

法国古典主义理论家布瓦洛说过:"只有真才美,只有真才可爱;真应统治一切,寓言也不例外。"在各种表演艺术理论中,"真"都作为一条重要的美学原则被反复强调。艺术的真,来自对生活的提炼和加工。黄梅戏的表演由民间演化而来,民间文化土壤决定了其"尚真"传统。杨俊的表演艺术,充分发扬了"真"的美学特色。

一是情感真挚动人。京剧大师梅兰芳先生评价严凤英时说:"严凤英唱腔、表演是人物真实的感情,不浮夸。就是有'情',才能形象生动,这样更受观众喜欢。"杨俊亦是如此。譬如她演悲伤、难过的时候,自己就好像进入真实生活中,她流泪,观众也流泪;演高兴、快乐的时候,她欢笑,观众也欢笑。作为一名演员,如果只是在舞台上做做形式,只是一味想着完成自己的某项任务,而不知道怎样吸引观众、打动观众,那他的表演肯定会失败。表演者必须深切体验感受剧中人物的情感,再进行恰到好处的演绎,才可能引起观众的共情和共鸣。譬如她在《党的女儿》中饰演女英雄田玉梅,她理解主人公"不仅是人,更是个女人,对角色的诠释不能只是简单地把一个女人塑造成一个刚强的人,而应当顺应人物的情感轨迹自然地流露"。当党性与人性结合了,英雄"高大上"的行为就不会显得空洞、苍白,而是真挚、动人。主人公找到七叔公而被误认为是叛徒"难证清白身"时,杨俊痛彻心扉地倾泻心语,"老支书啊,你不该刑场救我命……亲人怀疑剜我心",这既是人物情感的发泄,也是灵魂的呼告,让人闻之动容。她在《妹娃要过河》中饰演阿朵,对阿龙的深情亦演绎得淋漓尽致。她在《女驸马·洞房》中饰演冯素珍,主人公冒死陈词,对丈夫的一腔深情感人至深。无论是传统折子戏还是新创剧目,杨俊的表演都能做到入境出情、真挚动人。

二是人物形象真切生动。表演艺术家能否在艺术史上留下地位,很重要的一个指标在于,能否在舞台上塑造出栩栩如生的独特人物形象。于是之饰演的程疯子(《龙须沟》)、王利发(《茶馆》),王昆饰演的喜儿(《白毛女》),于蓝饰演的江姐(《烈火中永生》),无不真切动人,成为艺术史上的经典形象。杨俊在表演中也特别注意刻画人物,一举手一抬足,一颦一笑,无不凸显人物性格。她所饰演的《双下山》中的小尼姑、《天仙配》中的七仙女、《女驸马》中的冯素珍、《妹娃要过河》中的阿朵、

《党的女儿》中的田玉梅,都给人留下了深刻印象。她尤其善于通过细节来表现人物微妙的心理活动、刻画人物性格。譬如《妹娃要过河》中,唱词"妹娃要过河,是哪个来推我嘛?"一共出现了七次,杨俊每一次都精心进行处理。第一场中出现三次:第一次是,阿朵来到女儿会,"一曲龙船歌唱出口,又是无人来应和","一心想过河呀,又怎么蹚得过",表现的是青春少女失意无助的惆怅;第二次是她对众水手嘲弄的讥讽,"我这里再把歌来唱,看你们哪个敢应我",表现出她的泼辣性格;第三次是阿朵对无人来应和感到失望,但仍充满希冀,正在此时,阿龙出现了——"我来推你嘛!"第三场中出现一次,"明日里哥要启航妹要嫁",阿朵要求阿龙再和一次《龙船歌》,表现的是无奈的哀叹。第五场中出现三次:先是花轿来到龙船河边,阿朵将要成为田家的人,再也见不着心爱的人了,这时她的心情是凄楚而绝望。恰在这时,阿龙"抢亲"来了。接着是,阿龙将被"推崖",阿朵决心投河殉情,表现的是一种强烈的悲愤。最后,阿朵得救,一对有情人终于结合,表现出劫后重生的喜悦。杨俊的演唱声音清脆甜美,轻重急徐有度,微妙地传达出人物的心理变化,成功地塑造了一个有情有义的女性形象。剧中花鞭的运用也非常巧妙。第一场中,阿朵打阿龙的那三鞭颇有讲究,表现了她的调皮、野性、热情。杨俊第一次饰演阿朵是四十多岁,现在是五十多岁再次出演,饰演青春少女无疑是有难度的,但是她对人物年龄感的把握非常准确,让人不得不敬佩其艺术功力。譬如《天仙配·路遇》中,在唱"只要大哥不嫌弃,我愿与你配成婚"这句时,杨俊双指头并竖,虽然是程式化的表达,但与严凤英略有不同,她的动作更激烈、夸张,成功塑造了一个既羞涩又泼辣、大胆、带有野性的村姑形象。清代戏曲理论家李渔说过："妆龙象龙，妆虎象虎，妆此一物而使人笑其不似，是求荣得辱。反不若设身处地，酷肖神情，使之赞美之为愈矣。"杨俊做到了"设身处地，酷肖神情"。

由杨俊的坚持"尚真"，我联想到黄梅戏的守正创新问题。那么，黄梅戏的"正道"到底是什么呢？打个比方，"黄梅戏"不是公主，不是小姐，而是村姑——路遇董永的村姑。因此，创新黄梅戏必须保持其乡野性，可以俗中见雅，但不应过度优雅化、贵族化，因为它不是京剧，更不是昆曲。丹纳在《艺术哲学》中说过："任何一种艺术，一朝放弃它所特有的引人入胜的方法，而借用别的艺术的方法，必然降低自己的价值。"王少舫借鉴京剧一些程式改良黄梅戏，但是并没有失去其本色。现在流行创新，要特别谨慎借用"别的方法"。黄梅戏艺术应该珍惜同平民大众的"血肉联系"，保持自己的平民化、通俗化、大众化的风格。同是反映帝王生活的宫廷戏，京剧表演往往侧重于表现皇家的气势，一举手一投足让人感受到皇帝的威严、高贵；而黄梅戏的《女驸马》，尽管也是皇帝、公主、大臣，他们的着装也是蟒袍玉带、脂粉钗环，但他们的举手投足带有平民气，表现出的是普通人家的那种儿女情、父子爱。《天仙配》中"树上的鸟儿成双对"，语言优雅又通俗。《妹娃要过河》第一场结尾，阿龙的一句"鸟——老子偏不信这个邪"，粗俗得可爱。还有《夫妻观灯》，王小六指着观众席假意呵斥谁偷看自己妻子，非常接地气。

在"创新"的喧嚣中，杨俊始终能够牢牢把握住黄梅戏的本体特征，其表演从"真"字发端，雅中有俗，俗中见雅，自成一派，的确堪称大家。

第四辑

其命维新，天人交响

——也谈周韶华的书法创新

随着市场经济的高速发展，商业逻辑日益成为社会的主宰。就像杰姆逊所言，我们这个时代正经历着"无意识领域的殖民化"，商业逻辑已经全面地侵入我们的感觉和本能层面，成为一种社会潜意识，进而成为一切创新的敌人。一个令人沮丧的事实是，充满功利性的市场标准正在日益吞噬审美标准并主导着艺术创作。这个时代的许多艺术家都臣服于市场了，区别只在于选择媚俗或者媚雅。尤其是对一个功成名就的艺术家而言，艺术上的探索和创新就变得更具风险性，也更需要勇气。多年以来，周韶华的名字都是与革新紧密相联的，他以毕生的努力与这种"无意识"进行着抗争，循着自己选定的中国书画艺术"天人交响"的精神轨迹，不断寻求着超越。当他成功地完成了中国画创新的"三大战役"之后，又以八十多岁的高龄，重开战场，开始了书法艺术的革新。

周韶华与许多书画家的区别在于，他既是一位创作家，还是一位理论家。他的书法创新实验不是凭感觉为之，而是建立在对于中国传统书法理论进行系统反思的基础之上的。他站在历史的制高点，以贯通宇宙、生命、历史的大书法观通观书法艺术长河，苦苦思索着"我从哪里来""将到哪里去"。他提出的解题方案是从解决艺术的本体问题入手,首先"走回去"——回到书法艺术的原点,从早期的刻画符号、图形文等汉字的活水源头去追寻汉字原生态的美;然后"走出来"——将书写性的书法艺术与标准化的印刷字体分道扬镳,强调书法的形式美,弱化甚至摒弃其实用功能,凸显其审美功能。

正是基于这样的大书法观,周韶华勇敢而自信地将传统的线抽绎出来,向上溯源原始的图腾文字或刻画符号,向下舍弃汉字或文意,强调书画的融合,以"大写意"的精神,表现"大自在",从而实现"天人交响"。艺术大师罗丹说过:"一个规定的线(文)通贯着大宇宙,赋予了一切被创造物。如果他们在这线里运行着,而自觉着自由自在,那是不会产生任何丑陋的东西来的。"而"低能的艺术家很少具有这胆量单独地强调出那要紧的线,这需要一种决断力,像仅有少数人才能具有的那样"。周韶华属于这种有"决断力"的艺术家。他自由地运用着线条,通过空间的分割、结构的疏密、点画的轻重、墨色的枯湿、运笔的缓急,表达着内心的情感,营造出独有的书法意境。像《骠骑将军》《天马行空》等作品,线条完全摆脱了文字符号的外壳,释放出无与伦比的力量,似乎携着风雷,裹着闪电,气势磅礴,铺天盖地而来,对空间进行着大开大合的切割,腾挪转折,仪态万方,已经进入"大象无形"的审美自由境界。它是书法,是绘画,是诗歌,是音乐,是舞蹈,也是建筑。这些作品彻底与传统书法写作决裂开来,超越了书法的实用性与功利性,呈现出情景交融的意境,以及天人合一、天地和谐的大美,臻于纯粹审美的自在境界。

当周韶华在回答"我从哪里来""将到哪里去"的同时,也回答了"我是谁"的问题。可以这样说,他站在艺术哲学的高度给出了中国书法创新命题的完整答案,创造出了令人叹为观止的、"陌生化"的"周式"书法。

艺术家对于世界的书写方式是否独特,在很大程度上受制于他对世界的体验与观照。周韶华博览群书,学贯中西,尤得中国传统文化的精髓,形成了自己独特的体验与观照世界的方式。从他的理论表述和创作实践可以看出,他对宇宙、人生历史的观照方式接近老子所说的"涤除玄鉴",也近似宗炳所言的"澄怀味象"。这是一种静观默察的观照方式,排除了主观的欲念以及外界的纷扰,超越了世俗的功利性,因而保持着内心的虚境空明,以接纳万事万物,从中体味出"道"之存在,从而抵达自由之境。这也是中国古代哲学家、艺术家普遍持有的人生体验方式与审美观照态度。

2012/12

以金石艺术感应时代变迁
——读魏晓伟的《娱亲印存》

印章又称"金石",起源于中国的雕刻文字。早期的印章主要是作为商业流通中的凭证。秦始皇统一中国后,官印成为当权者证明权益的法物。而在私人领域中,印章则主要作为个人身份的凭证。随着社会的发展,越来越多的文人参与印事,出现了"肖形印""书简印""收藏鉴赏印""成语印""厌胜印"等"闲章"。这时的印章除了具有实用功能之外,还有了托物言志、感怀抒情的审美功能。青年篆刻家魏晓伟的新作《娱亲印存》,不仅继承了文人篆刻的审美传统,还拓展了篆刻的新功能——叙事,以见微知著的方式记录历史,赋予了印章艺术更为丰厚的内涵。因此,这部印书读来不仅给人审美的愉悦,还能引发诸多人生思考。

魏晓伟创作《娱亲印存》的初衷是为了庆祝父母的金婚之禧。他精心选取了五十组文字,高度浓缩了父母半个世纪的生活,表达了一个儿子的感恩之情。这些文字大体可以分为两类,一类是哲理式的,如"贵有恒""勤俭持家""豁达宽容""自力更生",既有对父母品格的概括,也有对魏氏家风的彰显;还有一类是叙事性的,主要是撷取吉光片羽重现过往的生活。如"青菱湖之恋""八十里骑行""对歌",记录父母的婚恋,浪漫而温馨;"面朝黄土背朝天""借住在黄婆婆家""雪夜护苗""筑巢""借债供读",记录生活的艰辛,在贫困中奋进不辍;"加餐肉""汽水惊梦""五人车技""彩电进家门",记录社会的进步,弥漫着温情和喜悦。这些看似普通的词语,经由魏晓伟篆刻成印,并以边款阐释之后,无不别具深意,引人回味。因此,《娱亲印存》不仅是一部微型家庭史,记录着一个普通家庭的家事家风和亲情,而且还折射着社会历史的变迁和时代风尚的变化,具有丰富的社会学意义。

这部印稿也体现了魏晓伟在印学上的新追求。他的篆刻取法秦印,兼学诸家,善于通变,古意盎然而又不失现代品格,卓然自成一家。从整体上看,《娱亲印存》刀法老辣、气韵生动,呈现出质朴刚健之美。在字法、章法、线条的处理上颇具匠心,则往往随形就势,腾挪参差,虚实呼应,奇正相生,于平淡中求朴厚,在古雅中见清新。较之他过去的作品,这部新作中章法和刀法的变化更加丰富细腻,因而蕴藉有味。

魏晓伟的《娱亲印存》,不仅是一个儿子的孝亲之举,更是一位篆刻家以艺术的独有方式对于时代的发言。

2017/12/27

诗意地抵达
——《荷印象·素以为绚》序

中国人最爱的植物,除了松竹梅兰菊之外,莫过于荷了。荷花也叫莲花,别称菡萏、芙蕖。

荷与"和"谐音,寓意和谐、和睦。民间年画多绘荷花图案,寄意"家和万事兴"。

荷还有一个雅称曰青莲,取谐音喻"清廉"。出淤泥而不染,濯清涟而不妖,风骨耿耿,绝不同流合污。

荷花清香悠远,不染尘埃,是佛家圣物。佛祖或拈花微笑,撒播慈爱;或步步生莲,祥瑞相随。

荷还流连于诗词歌赋之中,供文人墨客寄情抒怀。"小荷才露尖尖角""接天莲叶无穷碧""一夜绿荷霜剪破""留得残荷听雨声""藕叶枯香折野泥"……绘写的虽是荷的万千情态,折射的却是人的生命遭际与况味。

经过千百年沉淀,荷已成为最具诗意的文化符号,蕴含着中国人特有的生命态度、审美趣味与精神价值。

宋人周敦颐在《爱莲说》中感叹:"菊之爱,陶后鲜有闻。莲之爱,同予者何人?"一千多年之后,卢明和魏晓伟以摄影和篆刻的方式,联袂奏响一曲关于"荷"的二重奏,可谓穿越时空的回响与共情——诗心传承,风骨犹存。尽管卢、魏二君的人生经历、专业所长和艺术旨趣各不相同,但是他们在观照荷花时皆融入了自己的生命感悟与激情,因此,这些"荷"自有与众不同的芬芳与光华。

卢明将镜头聚焦枯荷、残荷,别具手眼。寻常视野里的败叶残枝,"枯"成了一片美丽风景。繁华褪尽之后,留下的是筋骨。生命不屈,顽强笃守,这是"枯"的境界,朴素而壮美。假若没有一颗淡定的心,怎看得破这"枯"与"残"?衰败乃是生命链中的一环,枯荣相接,生死轮回,生生不息……残缺有美,向死而生,这是卢明对于"荷"的发现,所以他的光影与图式透出一股执拗和紧张,亦有淡然和欣悦,观之令人怦然心动。

魏晓伟遍览典籍,搜"荷"寻"莲"付与金石,精雕细刻,物我交融。他研习秦印多年,学古而不泥古,率性运刀,独出机杼,匠心与诗心兼具,逸兴与精神齐飞。随意赋形的边款,千姿百态,与印文相得益彰,令人回味无穷。以"荷"察人生,观世界,胸怀丘壑,下笔有神,入乎其内而又出乎其外,于是方寸之间云蒸霞蔚、气象万千。这些蕴含着智慧与诗情的印章,昭示着晓伟的印艺又臻新的境界。

托物言志,致广大而尽精微,这是艺术的法门,卢、魏二君深谙个中奥妙。他们借荷写心,以素为绚,既抵达了深邃的生命根底,又通向了浩瀚的星辰大海。如此二重奏,堪称艺坛佳话。

是为序。

2022/3/12

画笔多彩写精神
——读叶梅的画

当代作家中喜爱绘事者不在少数,有的还达到了相当高的艺术水准。最著名的当数汪曾祺,他的水墨花卉大多不过寥寥数笔,可是气韵生动,格调清高,颇得中国传统绘画的神韵。润格最高的据说是贾平凹,尽管他笔下的人物、动物造型看上去不美,却是古意盎然,耐人寻味。另外,像张承志的油画、冯骥才的水彩、迟子建的水粉、林那北的漆画,还有聂鑫森、王祥夫、关仁山、兴安的水墨画,都在圈内圈外具有很高知名度。叶梅是著名作家,过去只知她写得一手锦绣文章,却不知她也能画。最近集中看了她的一批画作,只觉笔墨酣畅、烟霞满纸、精彩秀发,不由得感佩她在传统文化和艺术方面的造诣。

作家的绘画大多可以归为"文人画",叶梅的也不例外。所谓"文人画",用元代画家吴镇的话说,就是"墨戏之作,盖士大夫词翰之馀,适一时之兴趣"。近代学者陈师曾则说得更透彻,"画中带有文学性质,含有文人趣味,不在画中考研艺术上之功夫,必须于画外看出许多文人之感想"。对于叶梅而言,水墨亦如文字和琴弦(她擅长器乐,工大提琴),不过是她表达生命体验的一种形式。因此,她的画并不刻意追求工整与形似,只是随兴所至,表笔情墨趣,写心府灵境。正是这样的随性之作,往往文心、诗情与画意兼具,给人带来美的享受。

最见叶梅绘画功力的当数写意花鸟小品。举凡荷花、菊花、芙蓉、梅花、杜鹃等花卉以及葡萄、柿子、桃子、丝瓜等果蔬,都是她寓兴遣怀的对象。她的这一类画上溯徐青藤、陈白阳的写意花鸟传统而来,反对照抄自然,讲求"夺造化而移精神遐想",缘物寄情、托物言志。在造型上,这些画重视形似而又不拘泥于形似,追求"似与不似之间"的艺术张力,注重表达绘画者的主体精神。譬如她画菊花,"耐寒唯有东篱菊,金粟初开晓更清",傲岸风骨跃然纸上;她画荷花,"出淤泥而不染,濯清涟而不妖",清雅之气扑面而来;她画杜鹃,"花中此物是西施,芙蓉芍药皆嫫母",生命热力灼灼逼人。这些花卉早已被符号化,具有丰富的文化内涵,经由她的皴染点缀而焕发出新姿,成为理想化人格的象征。她画的葡萄、柿子、丝瓜,虽是寻常蔬果,却寓天真于平淡,充满烂漫生趣,有"真水无香"之妙。她还画了不少三峡地区的植物图,笔墨间缭绕着浓郁而美丽的乡愁。黄宾虹说过,画求内美,非常人所能见。叶梅的不少作品,就是美在其中,蕴藉多致,需要观者用心去细细品味,方能领略其丰富内涵。在构图上,她精心布局,善于提炼物象,化繁为简,在虚实、对比、顾盼与呼应中追求画面整体视觉效果。她的画大多有题跋,文字或长或短,往往言微旨远,成为图案的有机补充。譬如她画的一幅杜鹃、凤梨和人像图,画面右侧有一段长题跋:"青铜时代的藤蔓和杜鹃花穿越至今/三星堆留存的寓言是另一种文字/或许,杜宇的啼声能够解读。"这样的文字就像诗,引人遐想,使得平面的、有限的图画顿时有了无尽沧桑的历史感。

叶梅的绘画题材多样。她画的山水人物亦由传统文人画而来，笔墨间氤氲着浓浓的人文气息。她在纸上回归自然，"澄怀观道"，追求"片山有致，寸石生情"，在山水中"畅神"，追求"天人无际""天人合一"的境界。她还绘有两幅抽象画——一幅是人面像，一幅是双头鸟，均取材加拿大土著图腾。它们的图案元素和块面构成是西方式的，线条和设色又是中国式的，看上去颇像笔墨游戏。但又绝不是"游戏"，而是表达了一位作家关于中西文化对话和民族文化之根的思考。

曾有学者指出，推动传统"文人画"发展的根本因素是一个"真"字。"真"可以分为两种，一种是外在形象的真实，另一种是内在生命的真实。"文人画"表现的正是生命的真实，而生命真实又是通过笔墨营造的境界来实现的。这种境界既是具象的，又是抽象的，包含着绘画者独特的生命体验和审美感受。叶梅借助水墨营造的正是一个诗情与智慧交融的境界，洋溢着对于生活、对于故土、对于生命的激情与挚爱，这与她的文学创作一脉相承。

古人说："书画之妙，当以神会。""神会"不仅是绘画者追求的最高境界，也是观看者进入绘画的理想方式。在叶梅看来，绘画就是一种精神生活与灵魂功课。因此，只有当我们以"神会"的方式进入那些花卉山水人物时，才能充分领悟到一位作家洞悉生命奥妙、参悟人间正道的真性情和大智慧。

2018/4/29

传达生命和时代的律动
——读叶利平的山水画

中国山水画如何书写时代精神,这是当代许多画家都在思考的命题,叶利平亦不例外。许多年来,他一直在孜孜探求既具个性特色又具时代精神的笔墨语言。最近,他创作的一批山水画新作,表明他又积累了新的经验。

我们都知道,中国山水画诞生于农业文明时代,其审美观念与文化趣味自然也是植根其间的。钱穆曾将农业文明的特征概括为四个字:安、足、静、定。其中,"静"字可视为农业文明最突出的文化特性。中国古代的山水画家深受得意忘形、会意传神的哲学观念影响,总是通过心灵感悟来把握世界,常常以"坐忘"而臻"虚静",追求"天人合一"的审美境界。因而,古典山水画在整体审美风格上表现出"静"的特征。而当历史发展到工业文明和信息文明时代,最突出的时代特征成了变动不居、瞬息万变,世界充满了动感。同样的山川草木,在今人和古人的心中所激发的情感反应当然会有相通之处,但也绝对不会完全相同。那么,当代的山水画家该如何去表现这种差异呢?即便是拟古的山水,又该怎样去表达当代人的情感和时代的精神呢?

石涛强调艺术必须变革创新,因而提出"笔墨当随时代"。他所谓的笔墨,不仅是指形式,更是指内容。叶利平正是试图通过他的笔墨创新，传达自己对于时代审美的独特感悟。

观看叶利平的山水画，扑面而来的是勃勃生机和磅礴大气，笔墨之间充满了奔腾、扭结、跳跃的动感。画远山，他取法范宽等人的全景式构图，主山雄踞正中，峭拔雄伟；但他又一反稳健取势的程式，而以奔放、流动的笔墨皴染出如火炬般冉冉升腾的效果，凸显山川的生命律动感。绘近景，他学马远、夏圭等人取"边角式"构图，把观者的视线引出画面，营造出更为宏大的想象空间；他并不追求空灵俊逸的情韵，而是在山石、枝叶的刻画上大量运用圆形线条，或勾勒，或皴擦，造成强烈的运动感，使得每一个细部都荡漾着生气。这种运动的图式和笔墨结构，营造出流溢的笔墨美感和意象美感，折射出画家对于世界的独特认知，体现出鲜明的时代精神。显然，热烈之"动"更能概括当代人对于世界的感受，叶利平敏锐地捕捉到了这一点。因此，即便是画古意的山川人物，他也能尊崇生命的内在召唤，自觉在审美层面与古典山水画的冷寂之"静"间拉开距离，从而呈现出自己的精神面貌。

当下的许多山水画看似工整细腻，其实是枯山死水的堆砌，难以引起人的情感共鸣。其根源就在于画家缺乏真诚和激情，缺乏对于大自然深入而独到的体察和观照，因而笔下的山川草木丧失了生命感。叶利平的山水画却不是这样，他的笔端总是洋溢着发现的惊喜和创造的激情。他在笔触的流动中追求生命的律动，在画面的动态构成中应和时代的节奏，故而能在轻浅处探索厚朴，在有限处追求无限，从而实现艺术的创新。他立足传统却又不循规蹈矩，落墨亦不受矫情和甜俗的时风羁绊，在与自然和当代精神的真诚拥抱中凸显出厚重坚实的艺术品质，画风磅礴、硬朗而浑厚，显得精神焕发，神韵十足。

从技术层面看，叶利平将皴擦、积墨等运用得淋漓尽致，可谓随心所欲勾画图景。或用潦草奔放的笔法抒发胸中逸气，或用散锋勾画、枯笔干擦书写蕴藉情感，既见运笔的劲爽和刚健，又在虚实浓淡间营造出富于诗情的意境。尽管他试图打破传统的勾、皴、点、染等固有程式，但是他也没有走得太远，仍然符合传统文人画的基本理念。

叶利平的探索一直是坚定而自信的，相信他一定能找到更富于生命感的艺术表达方式。

2015/1/5

咬定青山不放松
——《宋德志画集》序

某日去参观一个美术展，恰好遇到青年画家宋德志。我们交流对一些画作的看法，谈得颇为投机。他突然对我说，他画了一批偏重学术探索的作品，不知我是否有兴趣看一看……因为一直在思考文化传统的创造性转化与创新性发展问题，我立刻答应了。没过多久，德志拿来一些作品给我看，并说将要出版一本画册，希望我给画册写篇序言。

我是学文学而非治美术出身，平常只是喜欢逛逛美术馆、看看展览、翻翻画册和画论而已，至多算个美术票友，给专业画家写序无异于赶鸭子上架。但是文学艺术本质相通，借用宗白华先生的说法，无非都是"以心灵映射万象，代山川而立言"。所以，我答应了德志，正好借此机会与他探讨一些问题。

其实，未见德志之前，我就已闻其名。他曾是湖北省国画院最年轻的专业画家。据他母校湖北大学的老师说，这个年轻人勤奋好学，悟性极高，未来可期。与许多习画者重视技巧训练而忽视理论修养有所不同，德志除了千锤百炼手上功夫，还非常注重对艺术史和艺术理论的学习，逐渐形成了比较成熟的美学观念。尤其难能可贵的是，他尚不到而立之年，就已摸索出一套自己的笔墨语言，初步呈现出"这一个"的艺术面貌。像《静谧圣域》

《醉花吟》《四平墨韵》《生发万象》既继承传统绘画精神，又摆脱前人固有的笔墨程式，从尺幅、题材、风格与笔墨技法等方面进行探索，格调清奇，显示出一位青年艺术家较好的功力与卓异的才华。对于许多山水画家而言，怎样用传统水墨去表现当代山川风物一直是一个难题，往往一落笔就陷入固有的图式、符号窠臼，更遑论表现时代精神和气质。而德志在《紫金花盛永不衰》《时代新象》《生息之道》等作品中大胆进行探索，以新的符号、图式来表现当代都市、山水和生活，给人耳目一新之感。观德志的这些用心之作，可以窥见一位年轻画家的艺术雄心和美学理想。他能够在传统与当代、民族与世界、本土与多元的多重视域中思考和探索中国画创新这个核心命题，因此其来路坚实，其去路阔远。

读德志的作品，我联想起中国绘画史上的两位画家。一位是王维。他是唐代著名诗人，在美术史上也有很高地位。他确立了宋代以后文人画的价值观念与美学表达，也就是说，一个人的绘画成就不仅关乎笔墨功夫，还关乎文化底蕴，更与他的人品、人格有关。王维是一个具有理想主义色彩的文人，他为中国画注入了理想主义色彩。另一位是董其昌。他是书法家、画家，具有极高的理论素养。他认为山水画表现的是画家对自然界道德规范的理解以及画家本人的道德价值。画家应该努力按照自己的价值观念，通过笔墨的自由运动，在选择、舍弃和倡导中形成一套笔墨语言。当然，前提是画家对万事万物的本性有着独到理解。在他看来，技和道是统一的。这两位画家从不同角度触及了艺术的一些根本问题，那就是：艺术之高下，取决于作品的格调；格调之高下，取决于艺术家的心灵；心灵之深浅、清浊、广狭，取决于其综合学养与艺术理想。德志熟谙美术史,自然明白这些道理,也在身体力行。

当前,像德志这样的年轻画家,面临着种种诱惑,要想保持特立独行、坚守艺术理想殊为不易。在此,我愿以郑板桥的《竹石》与他共勉:"咬定青山不放松,立根原在破岩中。千磨万击还坚劲,任尔东西南北风。"

笔墨熔铸时代精神和生命体验
——读杨金卯的画

很多时候,在观看一些中国画,包括某些名家的作品时,我会赞叹其构图、用色、运笔的精妙,可是情感上无法产生丝毫共鸣,更不用说思想上受到冲击和震撼。我不免疑惑:这样的画究竟好不好?山水、花鸟、人物都画得很精美,勾皴染点擦皆有章法,笔墨线条自有来路,传统功力深厚——自然是不坏的。可是这样的画显然过于重视技术性,匠心有余,诗性不足,又怎么称得上是佳品呢?当艺术丧失了与个体生命经验的关联,失去了个人化的审美发现,其实就与艺术创造南辕北辙了。

读杨金卯的画则是另一种感受。其线条的使用、色彩的调配、意境的营造一望而知,她受过规范的学院训练。更重要的是,其画作中洋溢的生命激情和独特思考会一下子感染你、点燃你,让你在心灵激荡中感受到诗与思的震撼,从而产生强烈共鸣。

纵观杨金卯的创作,她的艺术探索大体可以分出三种路径。一种是追求传统笔墨趣味,沿着中国古代文人画托物言志的路数书写花卉。她早年画过不少荷花,像《减香图》《冷翠遗香》《素莲小景》等,着意描绘孤高清绝的意境,寄寓一位年轻女性对浊世独立、孤傲高洁品格的追慕。她没有以常见的荷花入画,而是以规整遒劲的线条写残荷收敛、莲蓬兀立,强化"我"的选择与情感投射,彰显了一位年轻画家的主体性追求。一种是融入了现代趣味的向日葵与美人系列。这类作品以《柔软的时光》《香凝指尖》《夜精灵》为代表,虽然"应物象形",但注重自我思想与情感表达,"恍兮惚兮,其中有象"。杨金卯笔下的向日葵不像赵少昂、唐云所绘的向日葵寄予着丰富政治寓意,它只是女性对身体、性别的领悟与抒怀;它也不像凡·高的向日葵燃烧着痛苦的挣扎与生命的辉煌,它只是贴近日常的浅唱低吟,表达着女性的细腻感觉和隐秘情感,显得舒展而神秘、细腻而忧伤、清新而内敛。这类画作具有较强的装饰性和时尚感,在一定程度上迎合着当代人的审美趣味。在我看来,最能体现杨金卯艺术个性的是第三种探索——与江水相关的系列作品,如《再见了,沙船》《爱如潮水》《时尚·中国》等。《再见了,沙船》工笔细绘,立意显豁,漂流瓶中装着挖沙船随江水远去,意在倡导保护长江生态。这样的书写关注时代重大主题,体现了一位画家的思想能力,但在艺术表现上稍显直白、浅露。到了创作《爱如潮水》,杨金卯精心选择物象传情表意,显得更加含蓄有味。画面中部是一位坐在漂浮的奶瓶上的小女孩,她身穿红底白碎花连衣裙,深情凝视着手中的布娃娃,画面右上部悬浮着一只瘪了的气球,下部则是一堆浸泡在江水中的旧玩具……失去的童年,精神的"断奶",略略感伤的调子被盛开的美丽浪花冲淡,江水汤汤,爱如潮水,引人无限遐想。在《时尚·中国》中,杨金卯则巧妙地将个体生命体验与时代主潮融合,抵达了一种新的艺术境界。这幅画采用三角形构图,画面的主体是沙滩、滔滔江水与四个漂流瓶,瓶子里分别装着双卡录音机、黑白电视机、海鸥照相机和大桥牌缝纫机,画面上部是火烧云天空和飞翔的海鸥。"四大件"作为时代物质生活的象征,接通了个人记忆与时代记忆,既表达了对远逝青春时光的忆念,也折射出一个时代的精神风尚,翻滚的浪花更是象征着时代浪潮奔涌向前。这幅画曾入选第十三届全国美展,受到广泛好评。杨金卯的这一类作品精心绘写人物和景物,显示出扎实的写实功力,同时又洋溢着丰沛的想象,呈现出浪漫主义气息和超写实主义气质。

石涛说:"笔墨当随时代,犹诗文风气所转。"笔墨是中国画的根本标志,应当随着时代的发展变化而变化。但是,"笔墨"的变化不能仅局限于绘画工具和绘画技法层面的改变,更重要的在于思想观念和美学观念的革新。作为一位科班出身的画家,杨金卯一直自觉追求着笔墨变化。与一些工匠化的画家有所不同,她的探索熔铸了时代精神和生命体验,所以对于中国画创新具有一定的启示意义。

2021/6/14

发掘日常中的美与诗意
——读黄少牧的画

"生活中不是缺少美,而是缺少发现美的眼睛。"罗丹的这句名言强调了"发现"对于审美的重要性。的确,生活中的美无处不在,但是由于"习见"和"短视",或者受某些观念遮蔽,我们常常会忽略一些美的存在,尤其是自在于日常生活中的寻常之美。艺术家之所以不同于一般人,就在于他的审美触须更为发达,能够敏锐感知一切美好的事物,通过"凝视"或"静观",见人所未见,闻人所未闻,善于捕捉到烟尘中的诗意、寒夜里的微光,并通过"陌生化"的形式将那微妙的美传达出来。

黄少牧习画经年,逐渐炼成一双善于"发现"的眼睛,能够从寻常与凡俗中提炼诗情画意,直抵审美之境。我们都知道,中国的山水画、花鸟画经过近两千年的发展,已臻高度成熟。一代又一代的画家"外师造化,中得心源",创造出许多经典的山水、花鸟图像范式。这些审美范式已然成为民族文化心理积淀的一部分,因此,中国人欣赏中国画最能心领神会。所有图像范式在形成之初,无不伴随着艺术家原初的生命悸动与激情勃发,包含着巨大的创造智慧,但是随着时间的推移,它们不可避免地会变得越来越技术化和模式化,逐渐失去生命的温度和光泽,丧失创造活力,陷入"言不能达其心,书不能达其言"的窘境。那么,当代画家在绘写眼前的山水、花鸟时,又有怎样的"发现"呢?少牧对这个问题显然有着深入思考。他在传承中国画技法的同时,一直沉潜在生活之中,努力以自己的眼睛去观察,试图寻找新的审美图式和表现方式。

综观少牧的作品,多以江汉平原常见的乡村风景为素材,举凡牛筋草、水蓼、紫菀、慈姑、狗尾巴草等野花野草,喜鹊、水鸭、白鹚鸰、小狗等寻常鸟兽,皆是他画中的主角。他避开了传统山水画、花鸟画的常见题材,也就避开了人们习见的审美图式。在反复的绘写中,他将自己"发现"的素材提炼成"这一个"艺术形象。值得重视的是,这些灌注着生命气息的形象正在朝着某种审美图式凝聚。

显然,少牧并不满足于对生活之美的简单描摹。中国画本来就是表现人的灵性之术,一个优秀的画家在追求外在形象真实的同时,还应追求内在生命的真实。少牧深谙艺术创造要从生命的根底出发,因此他在观照山水、花鸟时倾注了深沉的生命感受,譬如童年之恋、家园之爱、自然之思,还有那淡淡的乡愁。这些生命感受又通过对"境界"的追求来得以实现。所谓境界,是指艺术家在对表现对象的妙悟中创造出的价值世界,包含着他的生命感觉和人生智慧。正如石涛在《题春江图》中所言:"吾写此纸时,心入春江水,江花随我开,江月随我起。"细品少牧的画,具备写实的特点,但又是高度意象化的——他善于营造心像,在物与我的沟通交流中注入生命活力,实现了形而下与形而上的统一,实现了中国水墨艺术与人文精神的交融。像《故园晨韵》《南渡晓烟》《晨光》《老墙夜话》《清风起时》《空谷幽鸣》《腊月》等画作,既是自然赞美诗,又是生命交响曲,充满了对平凡事物的爱与怜惜，达到了"周之梦为胡蝶与，胡蝶之梦为周与"的物我交融境界……如果深入解读，还会发现少牧的画中充盈着中国文人画一贯追求的"静气"。自董范李郭二米以降，历代画家"画至神妙处，必有静气"。如倪瓒的山水不画人，他营造的是永恒的宁静之境；董其昌的那些空灵之作寥无人迹，显得冷逸寂静。他们捕捉的是自然的妙意，筑造的是性灵的天国。少牧的乡野日常风景亦无人迹，笼罩着安详与宁静，弥漫着淡淡诗意，观之令人心旷神怡。像这样的性灵之作，何尝不是疗愈现代都市文明病的良药？

作为湖北中国画界的中坚力量，少牧已然形成了自己的风格，其画作水墨淋漓，清新秀润，意境悠远。在技法上，他远学八大、石涛，近则受冯今松亲炙，用笔潇洒灵动，线条简练洒脱，用墨浓淡相宜、干湿兼施。他尤其擅长用水，水能生韵，暗合了生命的内在律动。最为人所称道的是，他虽大量用水，可是造形淡而不薄，笔法依稀可见，始终发挥着中国画的根本——线条的表现力。为了表现江汉平原的润泽特点，他还在传统笔墨中融入西画技巧，注重对光影和体积的表现，为中国画创新做出了有益探索。

戴熙说过：画不仅要"可感"，还要"可思"。可感，指的是要生动传达生命的感觉；可思，就是要将感觉上升为能够打动人的智慧，启悟心灵。少牧的许多画作，既"可感"又"可思"。他对日常生活的"发现"过程，也是实现黄宾虹所言的追求"内美"的过程。这个过程不仅是指对笔墨情韵的孜孜求索，还包含着一位年轻艺术家追求心灵解放和精神升华的努力。

2022/4/7

沉潜与破壁
——读李剑的画

熟悉李剑的人都知道，他慕古风。

他喜欢焚香煮茶，善作曲赋诗，能抚琴吟唱。他读经史子集，努力融儒道释于一心。他写旧体诗词："淡云知道意，暮雨会山幽。策杖抚松行，心悬不系舟。""闲云来去空，无意竞东风。怜我茶壶累，朝朝进出中。"他与米癫同好，曾于采风途中购得一枚巨型太湖石，千里迢迢运回工作室。

他认为学习中国画，就得像古人一样生活，只有进入古人的精神世界，方能领悟传统的要义。他在"习画"的同时不忘"习心"，以心驭物，物我相融，固本培元，涵养真气。

他信奉"读万卷书，行万里路"，曾花数年时间行走大地，跋山涉水，挽日揽月，追云逐霞，心摹手写，道法自然。

他画荷花十年，又画松树十载，穷形尽相，孜孜不倦。只要选定一方领域，他就掘井不止，以求出神入化。

他深知，唯有深入，方能浅出。

但观他所绘松山丘壑、飞鸟云岚、茅屋溪桥，或是林间策杖、月下抚琴、巘上手谈，笔墨趣味十足，更有明道悟禅之妙。像《渡岳》《源·彼岸》《松荫问道》《随心散游》《归云》《心若莲枝》《观自在》《钟期会心》等，笔墨乘心，线条老辣，人境俱清,格调高古,堪称佳品。

他更懂得,学古只是借舟楫泛海,欲抵海上仙山还得另觅新法门。他追求"出新",而弃用"创新"。因为"创"字立刀相向,容易过犹不及,不若"出"字两山相叠,顺势而来、水到渠成。

积累经年,他开始创作《楚魂》系列,以现代视野观照楚文化,与古代先贤隔空对话,立意为中国画"出新"而探索。

中国画革新,其实并非他这一代画家才遭遇的命题。百年以降,无数大师巨匠都在寻求破解之道:如徐悲鸿、蒋兆和,试图融合西方古典素描与中国传统线描;如齐白石、李可染、石鲁,强化抒发情感、追求情趣的文人画法;如林风眠、吴冠中、周韶华,大力吸收西画的色彩与构成技巧……种种努力皆不废,激活了古老艺术的生命力,也不断生发出新课题。撮要而言,中国画欲突破固有规范,需要增补十八描之类定式,需要绘写古人未曾问津的题材,需要表现社会生活中的新现象和自然科学中的新发现,更重要的,乃是更新绘画观念。

李剑熟谙中国美术史,对各家变法了然于胸。真要说他一味沉潜古风,莫若说他是在沉潜中蓄势,等待破壁而出、一飞冲天。一方面,他"取法乎上",于传统中游艺觅道;另一方面,他"师夷长技",向西方艺术与当代科技敞开,在水墨中孵化自己的"当代性"。

他的近作《元宇宙·泥丸宫》《蜉蝣天地间》是《楚魂》的一部分,明显受到当代观念艺术启发。所谓观念艺术,没有明确主题,没有文学情节,画中人物或物象通常是类型化、抽象化的。画家运用超写实手法组合看似毫不相干的对象,激发潜意识幻觉，隐晦表达思想情感。观念艺术是舶来品，在中国古代绘画中并没有形成相应传统。毫无疑问，李剑这一次出走更远。《元宇宙·泥丸宫》取数学公式、数字、电路入画，置于人的头颅（古人称泥丸宫）之中，暗喻数字化生存的现状；《蜉蝣天地间》摄龙、凤、鱼、虫、水、人等抽象图案与物理公式、星宿图入画，隐约有楚帛画之形，笔墨大开大合，看似随意涂抹，其实笔笔有意，一派混沌中隐藏着人类永恒的迷思。这两幅作品构思如出一辙，将传统符号与现代符号并置，形成巨大张力，追问当代人的生存困境，既保留了传统笔墨，又拓展了审美空间。

李剑就是像这样，不断求索着新法门。至于能否攀上"仙山"，不妨留给时间说话。

他给自己取字"若水"，号"潜夫"。上善若水，道之所存焉；"潜"之弥深，出则愈新矣。其诚可感，其志可鉴，那就让我们拭目以待吧！

极致之美与人文追求
——读李乃蔚的画

和李乃蔚先生同事多年，在相当长的时间里对他的了解都非常有限，只知道他才华横溢，工笔、写意、素描、白描皆能。早年他画连环画，为我曾供职的《今古传奇》画过不少精美插图，深受读者喜爱；他的工笔画独树一帜，获得大奖无数，在美术界享有盛名。平时在一些展览中、报刊上偶尔看到他的作品，惊鸿一瞥，甚是喜欢他那清雅不俗的风格。有段时间我编《文艺新观察》，还让美编用他的系列工笔人物画作为主图设计过全年的封面。大约是六年前，与他同赴北京参加中宣部举办的创作推进班，终得机缘深入了解他的艺术世界。他将保存在手机里的几幅代表作的高清图发给我欣赏，不啻天外罡风来袭，一下子震撼了我——过去看过的那些图片，原来距原作的质感、神韵相差十万八千里啊。高清图中女子的肌肤、衣袂，仿佛触手可及；她们头上的发丝、脚上的血管，真真纤毫毕现；那清澈的明眸、微启的嘴唇，似乎在向你轻轻诉说……这是用宣纸、毛笔、水墨和颜料绘出的吗？就像站在巴黎奥赛美术馆罗丹的雕塑原作前，我曾因疑惑大理石竟能塑造出如此栩栩如生的人体而忍不住想伸手去触摸，我也想透过屏幕去感受那画作中肌肤的温度……多年前，湖北画家冷军的超级写实油画以极致的真实给过我"技至此绝"的震撼,没想到乃蔚先生竟然以中国画的方式实现了超级写实。这种写真之美,是画技臻于极境绽放的璀璨花朵,也是艺术家意志力与创造力的惊人迸发。

回汉之后,依然关注乃蔚先生的创作,并不时与他有交流。这几年,他与李洋合作的巨幅作品《李自成进京》《刘邓大军千里跃进大别山》均是重大题材,精绘细描,大气磅礴,广获好评。但我还是对他的超级写实人物画恋恋难忘。

壬寅岁末,收到乃蔚先生赠送的画集。画集中收录了他的一些代表作,其中的工笔人物画多有细节放大图,让我有机会再次领略其原作的风仪与神韵。

记得何家英说过,当代中国工笔人物画只有"衡中西以相容",才能获得新的发展。乃蔚先生深谙此理,他继承中国工笔画的审美精神,借鉴西方古典绘画写实技法,描绘人物肌肤的透明感,凸显画面的色彩视觉效果。他所追求的人物造型的真实感,已不是中国传统绘画中以线写形、绘形传神意义上的"真实"了,而是照相般地"真实",在"仿真"层面达到了极致。像《银锁》中几乎看不到中国画的线,完全是通过三维空间色彩造型,将人物皮肤的质感、经络表现得细致入微,达到纤毫毕见、栩栩如生的效果。他拓展了传统的"三矾九染"法,将色彩调到几近透明,反反复复渲染每个细节,最终以淡彩叠加的方法实现重彩效果。如《红莲》中少女的红衣,他染了一百多遍,方才呈现出布料的触感与光泽。这种完全以渲染的方法来塑造形象的方法,凸显了"写真"之美,构成了乃蔚先生画作最直观的魅力。

我们都知道,如果仅将人物画得比真人还像"真的",充其量也就是技艺纯熟的画匠所为。乃蔚先生的过人之处就在于,他由技巧的突破实现了对文化精神的深度表达。

纵观乃蔚先生的工笔人物画,都具有一个共同特点:放弃了对人物行动的描绘,而着意绘写那些具有"决定性瞬间"的静态画面,通过对人物体态、手势、神情的刻画和环境、器物、衣饰的描摹,营造一种宁静清新悠远的意境。那些女子的面部都没有明确表情,神情似乎若有所思,又分明质朴单纯,仿佛超凡脱俗,又似有潮汐在内心暗涌……这不禁让人联想起达·芬奇的名作《蒙娜丽莎》,正是因为画家对人物嘴角的巧妙处理,蒙娜丽莎看上去似笑非笑,引人无限遐想。乃蔚先生的处理手法有异曲同工之妙,故而他笔下的人物表情亦显朦胧、神秘,给人留下想象空间。就中国美学观念而言,无即是有,虚亦为实,有无、虚实之间充满张力,故而产生难以尽言的美感。为了揭示人物微妙的心灵世界,乃蔚先生非常注重对人物眼睛的精微刻画。顾恺之说过,"四体妍蚩,本无关于妙处,传神写照,正在阿堵中"。人物要想"传神",画眼睛是关键。古代仕女画以绘丹凤眼居多,眼睛细长,眼尾微微上扬,凸显眼眸中的神采;画眉毛形状则有大气豪放的远山眉,有温婉柔弱的柳叶眉,"眉黛春山,秋水剪瞳",凸显东方古典气质。乃蔚先生没有因袭古人的画法,他笔下的现代女性往往是眼睑略垂,明眸中的神采含而不露,眉毛更是随自然赋形,显得朴素本色,毫不张扬。他所刻画的这些当代东方青年女性,既内敛含蓄、恬静典雅,又沉着自信、朴素大方,既具古典之美,又不失现代气质。

乃蔚先生的这些工笔人物画大体可分为两类:一类是有环境背景的,如《山菊》《银锁》《红莲》;还有一类是略去环境背景的，如《秋语》《清音》《归云》《清风》《聘》《兰花花》《百合》《映月》。如果说前一类画作，他还有意借助环境来交代人物身份、表达象征意义的话，那么后一类则是聚焦人物本身，直抵人物心灵，更见一位画家化繁为简、明心见性的艺术自信。经过多年的艺术实践，乃蔚先生对于绘写对象内在精神世界已有了精准把握，因而能从人性的角度去展示她们肉身的美感与诗性心灵世界的完美统一。对人物的超级写真绝不只是炫技，笔墨与色彩中隐含着一位画家对女性生命意识和人本主义的思考，最终升华为对纯粹之美的膜拜，对中国审美精神的张扬，对作为万物灵长的人的讴歌……乃蔚先生的工笔人物画之所以耐看，除了具备千锤百炼的写实细节，更重要的是富有耐人寻味的人文内涵。再看看他的那些写意画吧，他何曾远离传统，何曾放弃过文人画的意境与情怀？

有人说过，乃蔚先生的成功在很大程度上源于他的性格——有"静气"。没有"静气"，他不可能十遍百遍地去反复渲染一个细节，更不可能数年如一日地执着打磨一幅作品。这种"静气"，既是一种职业态度，也是一种价值观念。正如庄子所言："圣人之静也，非曰静也善，故静也；万物无足以铙心者，故静也。"在这个物欲纷繁、急功近利的时代，乃蔚先生以其精益求精的工匠精神和大巧若拙的创造精神，为时代艺术如何抵达审美极境树立了一种示范。

2023/2/11

后　记

这是一本文艺随笔集，涉及文学、影视、戏剧、书法、美术等领域，可谓不折不扣的"杂拌儿"。

因为在文联工作的缘故，平时与作家、艺术家们打交道的机会比较多，并且经常参与到文艺现场之中，见证了这些年审美风尚和艺术精神的流变。在阅读、观看文艺作品时，常常情焉动容，心有所悟，于是顺手写下一些或长或短、非论文体的评论文章。如今从中选择44篇结集出版，鄙之无甚高论，不过是留下一个寻美者对于时代文艺现场的切近观察与诚实思考而已——微光照远，聊以慰藉生命的流逝。

努力不说假话，不说大话，不说空话；努力将文艺评论写得有点儿思想，有点儿文采，有点儿趣味，有点儿温度，这是我一直追求的目标。哪怕未逮一二，永远心向往之。

感谢长江文艺出版社社长尹志勇先生、副社长康志刚先生的厚爱，感谢责编王洪智的辛勤付出。本书能顺利出版，全赖他们的大力支持。

蔡家园

2023年4月8日